來跳舞吧！
二月七日的油脂星期二，
在歌劇院舉行慕薩德大舞會。
入場費五法郎。
Venez danser !
Au Grand Bal Pierre Musard,
Donné à l'Opéra
Pour Mardi Gras, le 7 février
Droit d'entrée : 5 francs
油脂星期二（Mardi Gras），是狂歡節的最後一天，因為這一天是天主教徒進入長達四十天的禁食肉類和禁欲的苦修期「四旬齋」前的最後一天，要把家裡的油脂全部用掉的意思。

明天是舞會
19世紀巴黎女性的社會史
鹿島茂 著
吳怡文 譯
Shigeru Kashima

{目次}

前言

幾年前，當我在任教的女子大學教授「法國文化史」課程時，指定了重現十九世紀法國小說中主角們的夢想和日常生活的拙作《想要買馬車》一書作為參考書籍，並要求學生們提出這樣的報告——

「寫下搭著時光機到十九世紀的巴黎去生活一年的報告書。因為給了你可以小小奢侈一下的三千法郎（約三百萬日圓）當作一年的生活費，所以請在帳本中清楚記下自己把錢花到哪裡去。」

這實在相當有趣，因為這完全是一份虛構的報告，雖然做些什麼事、把錢花在哪裡都相當自由，但是透過這件事，卻可以很清楚地看到一個人的個性。除了有住在如《高老頭》❶（*Le Père Goriot*）中的伏蓋公寓那種簡陋公寓，拒絕玩樂、規規矩矩地生活了一年，足足存下一千五百法郎之後，就啟程回國的學生；也有一到了巴黎，就搭著馬車展開豪華的享樂生活，錢花光了就到皇家宮殿❷（Palais Royal）的賭場去，和拉斯蒂涅一樣在俄羅斯輪盤上賭上和自己年齡相當的龐大金額，大賺一筆，最後被大貴族看上而嫁入豪門的學生。因為報告的評分端視「是否根據當時的實際情況來使用金錢」，和過著什麼樣的生活一點關係都沒有，所以雖然我覺得後者肯定是比較佔便宜，但總覺得想像力這種東西的特質，只要是在虛構的狀況下就很難順暢發揮。

因此，雖然報告書的內容隨著報告者的不同而有相當大的差異，但卻只有一件事是所有人在報告中都提到的，那就是「能夠在夢想中的舞會裡跳著華爾滋，實在是太令人興奮了」這個感想。不管是存了一千五百法郎的學生或是嫁入豪門的學生，似乎都出席了舞會，度過了愉快的一晚。

看了這些報告，我再次深深感覺到，在舞會中踏出第一個舞步（first step）的那一剎

註①——《高老頭》（*Le Père Goriot*），法國批判現實主義小說家巴爾札克（Honore de Blazac, 1799 –1874）的作品，是《人間喜劇》系列作品之一。高老頭是一個賣軍糧出身的暴發戶，為了讓兩個女兒躋身貴族階級，不惜花費大筆金錢，但女兒驕奢靡費，不停榨取父親的錢財，高老頭不得已重操舊業，但女兒們甚至不肯與他相認，最後高老頭只得窮困潦倒地死去。這本書是巴爾札克對拜金主義最深刻的描述及抨擊。伏蓋公寓是《高老頭》第一章中青年拉斯蒂涅及高老頭所住的寒酸公寓。

註②——皇家宮殿（Palais Royal）是位於巴黎羅浮宮北部庭園的一所宮殿，與羅浮宮的北翼遙遙相對。皇家宮殿是歷代波旁王朝的旁系奧爾良家族居住之處，一七八四年路易．菲利浦．奧爾良（Louis Philippe d'Orléans）將此處改成購物中心，此後這裡就成了巴黎最熱鬧繁華的地區。

那，不管在什麼時代，對女孩子而言都是最大的夢想。然而，在同時，我卻也因為對她們做了不好的事而深自反省。

因為《想要買馬車》這本書以「拉斯蒂涅和弗雷德利克．莫羅等年輕人從鄉下來到巴黎，希望可以出人頭地，躍升為有能力購買馬車的階級」這個祈願故事為架構，重要的舞會相關資料因而顯得太過粗糙，並沒有提供足以滿足她們對舞會的渴望的細部資料。

不僅如此，因為書中的敘述是站在一個年輕男子的觀點，對年輕女孩子來說，似乎完全沒辦法讓她們感覺到「我們就是主角」。的確，不管是搭著驛馬車離開家鄉、在巴黎找地方住，或者是要保住一餐飯，男人和女人的情況完全不同。第一、在《想要買馬車》一書中，並沒有回答「在十九世紀這樣的年代，十九或二十歲的年輕女孩如何可以「在巴黎玩上一整年」這個問題。

不過，當時我突然想到一個新書的點子：倒不如就來寫寫《想要買馬車》中的女性時尚。也就是說，如果可以用「在偏遠的鄉下憧憬著在地平線彼端閃閃發光的巴黎的少女們，因為某些機緣到巴黎去，並在某些親切顧問的幫助下，變身為充滿魅力的典型巴黎女子，美麗耀眼地出現在舞會上，不久便和英俊的富豪陷入熱戀……。」這種說老套也十分老套，但卻只要是年輕女孩，不管誰都會無比憧憬的愛情故事為主軸，並和《想要買馬車》使用同樣的方法，藉著十九世紀的小說和風俗觀察來補充細部資料，那不就可以呈現出透過主角的眼睛所看不到的當時年輕女孩們的生活了嗎？如果順利的話，不光是《想要買馬車》中的女性時尚，說不定還可以清楚展現十九世紀的少女們對未來的夢想。好！為了學生們，我非得早點開始動筆不可。

有了這樣的想法之後，我很快地就開始蒐集資料，不過，沒多久，我卻也發現這件工作出乎意料之外的困難。因為，雖然「我們就是主角，要上巴黎去」這種類型的小說多得跟小說家的人數一樣，但是，以年輕女孩為主角的這類小說卻幾乎可說是沒有。

這意味著什麼呢？當然，就是忠實反映著當時的情況。也就是說，在那個時代，因為女性一味地處於被動立場，就算有這樣的想法，也不能隨心所欲的自由行動「上巴黎去」；只能像包法利夫人❸一樣，在日復一日的平凡鄉下生活中，慢慢地讓年輕歲月的浪漫夢想一點點地磨滅殆盡。

但是，若將「有許多像包法利夫人一樣的女性」這件事反過來看，那是不是可能有「這樣的女孩們雖然被埋沒在鄉間，但卻可以在幻想的時候，將遠方的巴黎當作夢想的糧食」這一類的文學？就算「我們是女主角，要上巴黎去」這類型的少女版教育小說❹（Bildungsroman）為數不多，但卻應該有以「在鄉下憧憬著巴黎的女孩們，夢想著都市中的上流社會生活」為架構的小說。

這麼一想，在試著從稍微不一樣的角度來蒐集資料後，這一次，我一下子便找到了這樣的小說；那就是巴爾札克從一八四一年開始寫到隔年的《兩個新嫁娘》❺（*Mémoires De Deux Jeunes Mariées*）。

《兩個新嫁娘》所採用的是在王朝復辟時代❻離開布洛瓦（Blois）的加爾莫羅會（Monte Carmelo）修道院宿舍，展開充滿希望的人生的兩名少女（亦即巴黎的名門貴族之女露薏絲．修律和普羅旺斯的貧窮貴族之女勒內．莫康芙這兩個好朋友），在分別被家人領回之後，相互交換書信而成的書信體小說。其中，小說的第一部是露薏絲．修律將「得到母親的適當指導之後，進入社交界，並在熱烈的戀愛之後嫁給西班牙貴族」這些事逐一向勒內．莫康芙報告的信，想必會被如包法利夫人一般憧憬著巴黎社交生活的讀者當社交界導覽來閱讀。

或許就因為如此，雖然故事本身完全被「偶然」所操控，但小說的細節卻寫得像目錄註③——《包法利夫人》（*Madame Bovary*）是法國寫實主義小說家古斯塔夫．福樓拜（Gustave Flaubert, 1821–1880）的代表作品，故事敘述受過貴族教育的鄉下女孩艾瑪，嫁給平凡善良的鄉下醫生但卻對自己的生活不滿，成天夢想都市上流社會社交圈的生活，以及熱烈的激情；因此忽視眼前的生活，不停地追尋愛情，兩度與情人分合，最後自殺以終。《包法利夫人》因為太過赤裸地呈現了當時上流社會的黑暗面，在當時才一出版便被指為淫穢因此成為禁書，但很快便名揚一時，不但是十九世紀文學代表作，也是呈現法國布爾喬亞生活景象的重要著作。

註④——教育小說（Bildungsroman），從德國開始的一種小說形態，主題多是描寫一個人的性格形成時期的生活。有時也稱「性格發展小說」。第一部開闢這種小說主題的是歌德的《威廉．邁斯特的學徒時代》（*Wilhelm Meisters Lehrjahre, 1795–1796*），它至今仍是這種小說的典型範例。

註⑤——《兩個新嫁娘》是巴爾札克鴻篇巨著《人間喜劇》中的第六部。書中講述兩個年輕女人截然不同的愛情觀，以及愛情故事。巴爾札克試圖由這部作品說明：責任與理解比起不負責任的激情與愛情，更適合作為家庭幸福的基礎。這也是反映當時社會現狀的一部作品。

註⑥——在法國大革命後的整個十八世紀，法國的政治陷入動蕩不安的局面，在這一時期絕對君主制或君主立憲制的轉換多達四次：先是一七九二年的第一共和國成立，緊接著是拿破崙的第一帝國，路易十八的波旁王朝復辟，路易．菲力浦的七月王朝，以及拿破崙三世的第二帝國。這樣混亂的情形一直到普法戰爭結束，第三共和國成立才稍稍結束。王朝復辟指的就是路易十八波旁王朝復辟的那段時期。

雜誌或操作手冊一樣親切而仔細。因此，一般人最想知道的「女主角們在巴黎的日常生活」，很容易便得以瞭解。換句話說，若要以這本小說為藍本，寫出《想要買馬車》中的女性時尚也不無可能。

當然，話雖如此，《兩個新嫁娘》中的資料也並不齊全，因為巴爾札克的真正目的並不是要介紹巴黎生活，該省略的地方巴爾札克都省略掉了，所以，這部分必須要根據其他的小說和風俗觀察誌來做細節上的補強，那雖然是一個相當大的支柱，但那也要看我的拼湊作業是否可以順利進行……。

好了，開場白到此為止應該就差不多了。

聲稱無法將感情投入《想要買馬車》的學生們以及各位女性讀者，我們這次就以這本書來盡情暢遊十九世紀的巴黎吧！

第1章

少女的啟程

令人懷念的小鹿，我終於也離開修道院了！

如果是十九世紀時在巴黎度過青春歲月的法國女性，光是讀著在《兩個新嫁娘》文章開頭由露薏絲．修律所講出的這句話，心中必定會再次浮現面對人生的決定性瞬間時，某種充滿感動的情愫——這也就是對「從只有女性的修道院附屬寄宿學校步入俗世人間，從少女變身成為女人」那一瞬間的記憶。這段記憶所蘊含的意義，遠比從戰前的日本女校或是戰後的女子高中和女子大學畢業都要來得深遠，因為，對在接近封閉狀態中度過青春期的她們而言，或許只有這個瞬間是人生中唯一可以窺視到「自由」的幻想時刻。

莫泊桑❶（Guy De Maupassant）的《她的一生》（*Une Vie*）便像是在暗示這件事一般地，將「十七歲的珍娜從寄宿學校出發」安排在文章的開頭。

將行李整理好之後，珍娜走到窗邊看了一下，但雨水似乎完全沒有停歇的跡象。

（……）

昨天剛從尼先生所經營的寄宿學校畢業的珍娜從此終於可以得到人生的自由了。她已經準備好要一滴不剩地緊緊抓住從以前就一直夢想著的人生幸福。但，如果是這樣的天氣，父親應該會猶豫著要不要出發吧，她只擔心這一點。從今天早上開始，她已經像這樣眺望遠方的天空好幾百回了。（……）

現在，珍娜一邊懷抱著充滿年輕活力的對幸福的渴望，一邊意氣風發地告別寄宿宿舍生活。白天的無所事事、夜晚的漫長和充滿希望的孤獨中都充滿了她豐富的想像力，她正等待著各種歡愉和幸運，不管它們什麼時候降臨都無所謂。

——莫泊桑，《她的一生》

註①——莫泊桑（Guy de Maupassant, 1850－1893），法國自然主義短篇小說和長篇小說作家，公認為法國最偉大的短篇小說家。《她的一生》（*Une Vie*）是莫泊桑公認最偉大的長篇小說作品，被認為幾可媲美福樓拜的鉅作《包法利夫人》。《她的一生》敘述女主角嘉娜懷著無限憧憬，嫁給英俊迷人的朱利安。但婚後，丈夫的自私、欲求無厭，使她驚覺純潔的愛情不足以維繫婚姻，絕望之際將心力傾注於愛子保爾，卻因過度溺愛使保爾成為一事無成的浪蕩子……。作者在書中深懷同情之心地探究了女主角從天真的孩提時代到不幸婚姻破滅，直至最後寡居的一生。

如果想到婚後珍娜所遭遇到的各種不幸，「一邊懷抱著充滿年輕活力的對幸福的渴望，一邊意氣風發地告別寄宿宿舍生活」這個瞬間，便成了珍娜一生中唯一最精采的時刻。真是殘酷啊，只能說它是一個絕妙的對比，而這也正是小說家莫泊桑在寫作技巧上的精鍊之處。

*

《兩個新嫁娘》中的勒內．莫康芙也和《她的一生》中的珍娜一樣，為了準備結婚而離開修道院的寄宿學校，回到普羅旺斯的雙親身邊。她為了幫助身為貧窮貴族的雙親和弟弟，和隔壁家的有錢貴族萊斯托拉德家的長男相親，進而結婚。

隔壁的老男爵在沒有嫁妝的狀況下接受了勒內．莫康芙，當他提出「在繼承遺產的時候，該分配給勒內的金額，會根據契約書來重新擬定」這個想法時，爸爸和媽媽為了我，應允了這個提案。

另一方面，勒內．莫康芙的好朋友露薏絲．修律卻眼看著就要陷入在修道院度過一生的困境，因為在雙親希望由哥哥一個人來繼承財產的計畫之下，被寄放在伯母所待的布洛瓦的加爾莫羅會修道院宿舍中的她，面臨著要在那裡以修女的身分度過一生的命運。當修道院裡唯一的朋友勒內．莫康芙為了準備結婚而離開修道院時，露薏絲．修律因為太過寂寞而傷了身體，然而，露薏絲卻也很幸運地因此脫離了修道院。

因為伯母不希望我因為心情不好而死去，所以才說服媽媽。雖然媽媽嘴裡總是說著，只要當了修女病就會好。在妳離開之後，我就患上嚴重的憂鬱，所以反而讓事情比想像中更快得到解決。我現在在巴黎，而我之所以可以待在這裡，完全是因為妳的緣故，勒內，如果妳看到了和妳分開之後形單影隻的我，我想妳一定會因為可以在一個女孩子的心中埋下如此深厚的情感而感到驕傲。

在修道院，這兩個人始終相處在一起，一起編織夢想。離開修道院之後，是什麼樣的人生在等待著自己呢？會出現一個怎麼樣的優秀王子呢？兩個人聊的盡是這些事情。

◆離開修道院宿舍的這兩名少女相互通信，逐一向對方報告自己所懷抱的夢想是否已經實現。

我們追求夢想的心意永遠沒有止盡，藉著想像力，我們得到了這個王國的鑰匙，我們輪流扮演對方的可愛鷹馬❷醒著的人把睡著的人叫醒，將我們的心所不該見到的世界搶先弄到手，並為彼此高興。對我們來說，就連〈使徒行傳〉（*Acts of the Apostles*）都成了讓我們瞭解最大祕密的入門階！

馬上就要離開修道院宿舍的露薏絲．修律和勒內．莫康芙將修道院時代所相互傾吐的少女夢想究竟能否實現，藉著書信一一向對方報告。然後，她們對彼此的人生所抱持的興趣，也就是讀者對分道揚鑣的這兩個人人生的好奇心，便成了《兩個新嫁娘》這本小說向前進展的動力。

註②——鷹馬（Hippogriff／Hippogryph），十六世紀義大利文藝復興時代詩人阿里奧斯托（Ludovico Ariosto）在其代表作品傳奇史詩《瘋狂的羅蘭》（*Orlando furioso*）中所提到的一種半鷹半馬的怪物。它的頭部、翅膀和前腿一如獅鷲，而後半身卻呈馬相。因為獅鷲向來鄙視馬類，它們的結合是很不尋常的事。中世紀有句諺語：「匹配獅鷲與馬」（To mate griffins with horses），意思是毫無可能之事。所以鷹馬本身常作為奇蹟或愛情的象徵。

不久，隨著故事的開展，露薏絲．修律進入了比想像還要光彩燦爛的社交生活。另一方面，勒內．莫康芙則被強迫過著和想像完全相反的單調乏味的鄉村生活，甘於扮演著露薏絲．修律的「社交界報告」收信人這個角色。

但是，在最後……。

不，在這裡，我暫且不說出結局，還是針對孕育兩個人浪漫夢想的溫床——修道院寄宿學校多做一些說明吧。

第2章

修道院的寄宿學校

我看了由夏布洛❶（Claude Chabrol）執導、伊莎貝拉．雨蓓❷（Isabelle Huppert）所主演的《包法利夫人》。一開始，我覺得雨蓓並不適合包法利夫人這個角色，不過，隨著故事的進行，看著雨蓓始終以堅定的表情來演出在「堅定意志」的支撐下，背叛丈夫，追隨愛人而去的艾瑪「積極而陽剛」的一面，我轉而覺得，如果用這種方式來詮釋女性主義者包法利夫人倒也不錯。

只是，在和原著做了比較之後，我卻也很替它在戲的後半段著墨太深，前半段的描繪又不夠深入感到相當惋惜。因為電影省略了艾瑪生長的環境，也就是在修道院寄宿學校的生活，所以沒有將艾瑪為什麼對夏爾感到不滿交代清楚。如果光看電影，那就只能以現在流行的「個性不合」來解釋為什麼「艾瑪不愛夏爾」，但是，如果有了修道院寄宿學校的描寫，應該就可以想像「事實上，就算丈夫不是像夏爾那麼平凡的男子，艾瑪也會採取同樣的行動」。因為，艾瑪根據自己千篇一律的夢想投射來裁決現實的性格，就是在這裡養成的。

「修道院的寄宿學校」這個元素，在十九世紀的法國文學中扮演著超乎大家想像的重要角色。

*

艾瑪十三歲的時候便被父親帶到盧昂（Rouen）的修道院寄宿學校。在十九世紀前葉，「將女兒送進修道院寄宿學校」這個習慣，從貴族蔓延到中產階級和富裕的農民。雖然下層階級的子女依舊完全不接受教育，從小就像個小大人一樣從事勞動工作，不過，在像盧歐先生一樣富有的自耕農家中，也有人將「讓女兒接受教育」當作嫁妝的一部分。這股潮流在因法國大革命而衰退的天主教勢力重振氣勢的王朝復辟時代變得特別強勁。

註①——克勞德．夏布洛（Claude Chabrol, 1930－），法國導演，法國新浪潮電影運動的代表人物，多產，作品大膽，風格冷峻，如同上帝冷眼旁觀人類的瑕疵。主題圍繞著中產階級的價值觀和原始情慾的衝突，使得他的作品游移於藝術片和商業片之間。《包法利夫人》一片是他一九九一年的作品。

註②——伊莎貝拉．雨蓓（Isabelle Huppert, 1955－），法國知名女星，演技超群，是法國凱撒大獎提名最多的女星，並曾兩度獲得坎城影展最佳女主角，此一殊榮至今只有兩人。代表作有《鋼琴教師》、《慢動作》、《包法利夫人》等。

當然，女子修道院的教育並非像現在一樣以智育為中心，他們始終以「讓青春期的女孩子們浸淫在虔敬而莊嚴的氣氛中以培養宗教情感」為目的，因為在宗教戰爭相當頻繁的十六世紀，這種名為女子修道院寄宿學校的地方被拿來當作與新教徒勢力對抗的反宗教改革的一環而設立。也就是說，加爾莫羅會和大本勒迪克汀女修道院（The Benedictine Convent）等天主教系的女子修道院都以收養一般世俗之人的子女，並施以宗教教育為目的。

因此，雖說是女子教育，但她們的學力卻只到可以理解宗教教義問答的程度，計算能力也僅限於結婚後可以記帳這種基礎程度而已，她們一天當中的活動幾乎都和修女一樣，淨是為了培養宗教感情的嚴格聖務。

在雨果（Victor Hugo）的《悲慘世界》（*Les Misérables*）中有著針對尚萬強帶著幼小的珂賽特所逃進的聖本篤修道院❸（Saint Benedicti）所做的詳細描述，在這裡我就引用一段有關那個寄宿學校的部分。

這個故事發生的時候，修道院裡有著寄宿宿舍。在大部分都是富有貴族的年輕女

◆對寄宿生而言，「穿著修女的衣服祈禱」這件事情本身是可以散心解悶的。陶醉在神祕的慵懶裡，在甜美的夢想中忘卻自我。

兒們的宿舍中，住著桑特・多雷爾小姐、貝桑小姐，以及以塔爾柏這位在天主教世界中相當有名的英國小姐。這些年輕的女孩們被牆壁包圍著，接受修女們的教育，在對俗世和時勢的恐懼中長大。某天，她們其中的一個人對我說：「看了城裡的門檻，我從頭到腳都顫抖不已。」她們穿著藍色的衣服，帶著白色的帽子，胸前則別著鍍銀或鍍銅的聖體獎章。在大祭典的日子，特別是聖馬丁節❹（Saint Martin's Day），她們被允許穿著修女的衣服，整天進行聖本篤會的彌撒，並以將此視為深厚的恩惠和無上的幸福。（……）因為基於修道院中的傳教精神，這樣的戲碼暗中得到批准、獎勵，所以，雖然是為了在事前賦予少女們對修道服的熱愛，但對寄宿生來說，也應該會注意到那真是一件幸福的事，而且還可以散心解悶。

——雨果，《悲慘世界》

也就是說，對年幼的寄宿生而言，就連「在點著大蠟燭的莊嚴教堂中，身穿特別的修女服，一邊唱著嚴肅的聖歌，一邊祈禱」這件事，感覺也像要參加一場令人期待的儀式一般，成了某種消遣和喜悅。

因此，比起與家人斷絕關係的悲傷，和《包法利夫人》中的艾瑪一樣擁有夢想家個性的少女們甚至會更強烈地感受到對「設置在人間，但感覺卻像在天堂一樣的修道院氣氛」的喜愛。

剛開始的時候，艾瑪在修道院完全不覺得無聊。（……）在數著附有銅製十字架念珠的白皙修女們之間過日子的同時，艾瑪不知不覺地陶醉在從祭壇的薰香、陰冷的聖水盤和大蠟燭的光亮所散發出的看不見的慵懶當中。她迷迷糊糊地忘記了眼前的一切，她利用參加彌撒的時間，看著有邊緣裝飾的書本插畫中的天藍色的宗教畫

註③——聖本篤會（Order of Saint Benedict., O. S. B），天主教一批修會的聯合組織。它們遵循聖本篤（聖本尼狄克）所制訂的規章，繼承中世紀初期義大利和高盧等地流行的隱修傳統，還從事教育、學術研究、教區工作和傳教等活動。

註④——聖馬丁節（Saint Martin's Day），一般在十一月舉行。聖馬丁是法國的守護聖人，原本是羅馬士兵，有一次在寒冬進入一座城市時，看到一個受凍的乞丐，遂用劍把自己的斗篷割下一半送給他。當天夜晚，聖馬丁在夢裡看到披著一半斗篷的基督，從此成為虔誠的教徒，以謙遜、耐心聞名。

出神，也因此，她深深地愛上了生病的母羊、被尖銳弓箭射穿的主的心臟，以及背負著十字架，屢屢跌倒在路上的可憐耶穌。

——福樓拜，《包法利夫人》

但事實上，艾瑪所愛的並不是身為神子的耶穌，那只是她漫無目標的曖昧憧憬無意中在宗教畫中找到對象而已，艾瑪總是把聖經和宗教書的朗讀當作浪漫故事來聽。因此，沒多久，等她愛上了每天到修道院幫傭的老婆婆偷偷帶進來的正統浪漫小說之後，她那夢想家的傾向便再也無法停止。

小說的內容盡是一些老套的戀愛故事，戀愛中的男孩加上戀愛中的女孩，在淒涼孤單的房舍中昏倒的受虐貴婦，在驛站遭到殺害的車伕，每一頁都會出現的被騎垮了的馬，白天時也依舊是一片幽暗的森林，起伏不定的心情、啜泣、眼淚、接吻、月下小船、在樹林中啼唱的夜鶯，「男人」就像雄獅一樣，雖然心腸如羔羊般溫柔，但才德卻出類拔萃，總是打扮得相當華麗，一哭起來卻又無法停止。

——《包法利夫人》

◆懷抱著對愛情的想像閱讀小說的少女。

就這樣，在修道院這樣的隔離環境中，在讀著如現代少女漫畫或喜劇羅曼史（harlequin romance）一般以千篇一律的俊男美女為單一模式的浪漫戀愛小說的同時，艾瑪想像自己是佇立在中世古城窗邊的女城主，等待著「在原野的那一頭，有一位在頭盔上裝飾著白色羽毛的騎士騎著黑馬奔馳而來。」

像這樣沉溺在浪漫夢想中的人並不只是艾瑪而已，只要是修道院的寄宿生，多少都被這種由想像力所蘊生出來的幻想所侵蝕。雨果根據從愛人茱麗葉．杜威特那裡所聽來的故事，在《悲慘世界》中寫下了這樣一段情節。

在修道院中，完全聽不到外面的任何噪音。但是，在某一年，卻聽到了長笛的聲音，那真是一件大事，當時的寄宿生到現在都還記得。

那是一首由附近某人所不停吹來的同一首曲子，是一首在今天已經顯得相當過時，名為《我的契裘爾貝啊，來這裡統馭我的靈魂吧》的樂曲，一天可以聽到兩、三次。

因為少女們已經出神地聽了好幾個小時，修女們感到相當害怕、煩惱而胡亂地懲罰她們，這樣的情形持續了好幾個月。寄宿生們多少都愛上了那位素未謀面的音樂家，不知不覺便把自己當作契裘爾貝。長笛的聲音從蒙塔波街傳了過來。如果可以稍微望一眼那位不知道自己將笛子吹得這麼悅耳，甚至吸引了所有少女們的靈魂的「青年」的身影，少女們應該會拋下一切，冒著所有的危險，什麼事都做得出來吧。其中甚至還有女孩從後門跑出去，登上面對蒙塔波街的四樓，從那裡的格子窗對外眺望，但還是不行。她們其中一人將手舉到頭上，再把手伸出格子窗，揮動白色的手帕，另外兩個人則更是大膽，因為她們想到可以登上屋頂，於是便爬了上去，終於成功地看到了「青年」。那是一個眼盲、潦倒的流亡老貴族，在閣樓房間為消磨時間而吹著長笛。

——《悲慘世界》

雨果為了強調「與男性完全隔離的修道院寄宿學校」這樣的環境反而會對男性產生憧憬，便提出「寄宿生一旦回到俗世，就會錯把最初相遇的那個男子當作夢中的白馬王子」這樣的警告。

因此，在《包法利夫人》中，當夏爾出現在眼前時，艾瑪雖然半信半疑，但她卻也想著「說不定他就是『黑馬騎士』」。然而，結了婚之後，夏爾卻只是一個完全缺乏小說男子那種魅力的平凡男性。

從夏爾口中所說出來的話，就像步道一般的平凡無奇，俗世常例般的思想穿著便服，排成一列縱隊在那步道上前進，完全沒有任何一點感動、笑容和夢想。住在盧昂的這段期間，連為了瞧一眼來自巴黎的演員而前去看戲的動力都沒有，他說。不會游泳、不懂西洋劍、對拳擊也一竅不通，就算艾瑪拿了出自小說中的馬術用語去問他，他也無法為她解答。

——《包法利夫人》

如果是結過婚的女性，應該多少都會感受到這種夢想和現實的差距，也就是說，就某種意義來說，所有的女性都是艾瑪，而所有的男性都是夏爾。然而，因為艾瑪的思想被來自小說的理想男性形象過度束縛，所以覺得自己的案例是一種相當特殊的情況。

男人不應該是那樣的，他們應該是天文地理無所不知，競技項目樣樣精通，不管是熱情洋溢的世界、還是高尚的生活情趣，都可以帶我領略所有的祕密。

——《包法利夫人》

儘管如此，如果艾瑪沒有實際邂逅這種如小說角色般的人物，那理想的形象或許不久就會消失無蹤。但是，麻煩的是，在被邀請參加的佛比薩城堡的舞會上，艾瑪確信這樣的男人事實上是存在的。

第3章

〔她買了巴黎的地圖〕

佛比薩城堡的舞會在《包法利夫人》的電影中也被精心描述了。像是艾瑪因為在舞會上聽到義大利的地名和英國賽馬的事情，發現自己所夢寐以求的生活其實存在於現實世界中，以及她因為親眼看到貴婦人故意把扇子弄掉，並將情書丟進男人的帽子當中而大感驚訝的部分都完全忠於原著。同時，電影也忠實呈現了艾瑪和被稱為「子爵」的華爾滋名人共舞那渾然忘我的模樣。

但是，電影卻省略了原作中一個相當重要的情節。

在原著中，那天晚上，艾瑪和夏爾住在佛比薩城堡，隔天早上出發，在途中，他們和幾個騎馬的男人擦身而過。艾瑪在他們當中認出了子爵。當時，夏爾注意到似乎有什麼東西掉到地上，那是一個「以綠色的絲絹裝飾周圍，如豪華自家用馬車的門扉一般在正中央繡著徽章的雪茄盒。」

從隔天開始，「回想那場舞會」便成了艾瑪每天的活動之一，而在當時，扮演著重要角色的就是這個雪茄盒。艾瑪取出雪茄盒，一邊聞著由香菸和香水混合而成的味道，一邊追憶著「啊，距離現在一個禮拜以前……兩個禮拜以前」，她盡情地想著巴黎的豪華生活。每天早上醒來之後，她便期待著今天一定會發生個什麼事情，但是，隨著黃昏的到來，她也越感到無聊乏味，艾瑪雖然希望隔年也可以被邀請前往佛比薩城堡，但，邀請函終究是沒有來。有的，只是對浪漫事物完全一無所知的無聊丈夫的乏味生活而已。

對這樣的艾瑪而言，唯一的樂趣就是買張巴黎地圖，一邊用手指在地圖上遊走，一邊透過幻想來繞行巴黎的街道。

艾瑪買了巴黎的地圖，她一邊用手指在地圖上遊走著，一邊在巴黎城中來回奔跑，她走上林蔭大道，在每一個街角停下腳步。即便是在街道的路線之間，即便是在表示著住家的白色四角形之前，她都隨意地停下腳步。終於，她累了，閉起了雙眼。而後，在黑暗中，她在隨風搖曳的瓦斯燈火焰和劇場正門的列柱之前，看到了被咯噔咯噔地放下的馬車台階。

——《包法利夫人》

相較於只是一味地把巴黎當成巨型紀念品店來看的現代日本女性，艾瑪應該是相當值得同情的吧。第一，熱愛巴黎的艾瑪最初買的就只是張巴黎地圖，這實在相當讓人傷感。

事實上，老實說，在大學畢業後，我第一份工作的薪水是四萬日圓，在當時，一法郎是七十日圓（現在是二十五日圓），儘管沒有想去的地方，但我卻也買了巴黎地圖，和艾瑪一樣「一邊用手指在地圖上遊走著，一邊在巴黎城中來回奔跑。」

不，在以前，對一般日本人來說，到巴黎去還是個難以實現的夢想，因為大家都不認為有哪一天可以花個十萬日圓就來回一趟巴黎，所以，所有憧憬巴黎的日本人都會這麼做，以下所描述的艾瑪的心情也正是我們心裡所想的。

巴黎究竟是一個怎麼樣的地方呢？這真是一個漂亮的名字啊！巴黎！只要重複地低聲唸著這個名字她就非常開心。那就像是大教堂裡的吊鐘一樣在她的耳邊響著，就算是化為文字，被寫在髮油瓶的標籤上，也會讓她的眼睛像火把一樣閃亮。

——《包法利夫人》

因為在連距離巴黎僅一百幾十公里的諾曼第（Normandie）都尚未鋪設鐵道的十九世紀

◆巴黎，這真是一個漂亮的名字啊！拱廊街裡的陳列的精品，散發著光彩和夢幻。

前葉，巴黎是一個比以現今的日本來看還要遙遠許多的地方，對熱烈幻想著在巴黎渡過豪華生活，但卻完全不可能實現夢想的住在外地的包法利夫人這樣的妻子而言，只能藉著「購買散發出巴黎的光彩的商品」來縮短這段距離。在巴黎依舊是絕對到不了的「夢幻之國」的代名詞的時代，「品味巴黎」的唯一方法，就是那些可以讓人聯想到「巴黎」的商品。比方說，購買印著「巴黎」二字的髮油，便意味著：「巴黎和自己之間的這段『距離』瞬間縮短了」。

對艾瑪而言，只有「買東西」這件

事是唯一可以確定自我的存在，讓自己可以和巴黎有所連結的方法。沒多久，艾瑪便接受經常往來的商人盧魯的推薦，接二連三地買了與自己身分毫不相稱的高級品。然而她卻也因為舉債而無法回頭，最後終於被迫走上自殺一途。歸根究柢，就是因為希望藉著「購買」商品將巴黎當作是自己的東西這個願望的影響。

但是，就算把以巴黎為名的東西弄到手，就算再度把巴黎的地圖張開，當巴黎的幻影正如海市蜃樓般在遙遠的彼方閃耀時，卻又在下一個瞬間消失無蹤。為了讓幻影可以長久持續，便需要一些不斷地訴說著巴黎，讓巴黎的印象可以更加鮮明的具體意象。

◆將巴黎當作是自己的東西，藉著購買商品讓巴黎的幻影如海市蜃樓般閃耀。

艾瑪拿來了名為《花籃》（*corbeille*）的女性報紙和《沙龍的精靈》，詳細閱讀有關戲劇的初次公演、賽馬和晚會的報導，對於女歌手的初次登台和商店的開張她都相當關心。最新的流行、一流洋裝店的住址、布洛涅森林（Bois de Boulogne）以及歌劇院熱鬧的日子她也相當清楚。

——《包法利夫人》

這個段落告訴我們，一味地幻想著眼前沒有的東西的包法利性格❶（le bovarysme）絕大部分是因為時尚傳播業（mode journalisme）的發展而誕生。艾瑪對巴黎的夢想食糧完全都是從寫滿了巴黎情報的時尚報而來。

註①——包法利性格（le bovarysme），或稱包法利主義，是二十世紀初出現的社會心理學名詞，意指「因過度憧憬（特別指女性）而陷於虛幻夢想的心理狀態。這個名詞由德．戈勒蒂耶（Jules de Gaultier）所創。《包法利夫人》中女主角艾瑪虛假的愛情觀使她給自己臆造了一個自我，她重新建構了自己，也重新建構了她的情人，使自己與真實的存在隔絕，因此失去了對生活的正常判斷能力。這種人格的缺陷，是導致她悲劇的重要因素。

而造成這種狀況的原因便是：在《包法利夫人》所設定的一八四〇年前後，因為艾密爾．吉拉丹❷（Émile de Girardin）的報紙革命，訂閱費降低，讓像艾瑪這樣的平凡中產階級主婦也可以買一、兩份時尚報來看。十五年前，為了貴族夫人而發行的只有一張但訂閱費卻非常昂貴的時尚報，在這個時候已經多達十張，並且用盡各種手段來開發讀者，轉變成與其說是時尚報，還倒不如說是時尚雜誌的精緻刊物，就算是住在遠離巴黎的窮鄉僻壤的主婦，也可以「知道歌劇院熱鬧的日子」。

當然，即使如此，也並非意味著外地的家庭主婦很輕易地就可以到巴黎玩樂，所以，對潮流的欲求不滿只好轉變成更激烈的東西。然而，這樣的欲求不滿卻反而更擴大了對時尚報的要求，因此，時尚報也變得更加豪華精美而內容豐富，這樣的事情即使是在今天的日本也沒什麼改變。

在當時，時尚報的精緻化競爭淨是一味地針對時尚畫卡在進行，因為這種所謂的時尚畫卡最早起源於十八世紀末期附加在時尚報中的時尚插畫，之後才開始流行，所以，在沒有照片的時代，它被當作將「流行」做視覺性傳達的唯一方法，相當受到重視。雖然大部分的時尚畫卡都是將由時尚畫家用水彩畫成的時尚畫做成銅版畫，然後再製作出來的畫作，不過，因為全都是一張張很仔細地以手工來上色，所以它的藝術價值完全不是印刷的時尚畫可以相提並論，在今天，它們甚至還被視為搶手的收藏和投機交易的對象。

其中，在大革命的督政府時代，由以前曾經當過神父，之後才改行的畢耶爾·梅桑傑爾（Pierre de La Mésangère）所編輯的時尚報元祖《婦女時尚》❸（*Journal des Dames et des Modes*）的時尚畫卡，由蘭堤❹（Louis Marie Lanté）這位當代一流的時尚畫家負責操刀，

註②——艾密爾·吉拉丹（Émile de Girardin, 1806 –1881），十九世紀法國重要的新聞工作者、出版人，也是政治人物。他發行的報紙價格低廉且銷量很大，被譽為是報界的拿破崙。一八三六年創辦的《新聞報》（*La Presse*），一八七二年創辦的《小日報》（*Petit Journal*），都是當時重要的報紙。

註③——《婦女時尚》（*Journal des Dames et des Modes 1797 –1839*），一七九七年誕生於巴黎的一份時尚雜誌，一八三九年停刊，這份時尚雜誌每五天出刊一次，經由訂購到讀者的手上。內容包括當時的最新消息、活動、時尚訊息，以及女性教養及藝術、教育等，可說是十九世紀初期法國最重要的雜誌之一。

註④——路易·蘭堤（Louis Marie Lanté, 1789 –1825），十九世紀末著名的時尚畫家。

所以品質相當出色。因為當時的時尚畫卡就如荒俣宏❺所言「它具備了我們對十九世紀時尚畫所期待的所有要素——那就是可愛、端莊、美麗，以及捕捉生活風俗的方法等等。」（《漫畫與人生》〔漫画と人生〕），不管看幾遍都不會感到厭倦。因為當時的成衣還沒有所謂的便利訂製（easy order），所以鄉下地方的女性只能依賴被視為流行資訊的報紙的時尚畫卡，把布料商人和裁縫師叫到自己家裡，請他們製作和時尚畫卡類似的洋裝。

但是，不久，由《婦女時尚》一派獨大的時代也瓦解了。一八二九年，由新聞傳播業革命者艾密爾．吉拉丹創刊的《時尚》（*La Mode*）摧毀了梅桑傑爾的根據地。

《時尚》並不是一份報導時尚的報紙，而是以教導搭配和品味為賣點的新概念時尚報。也就是說，雖然真正時髦的人應該在遵循規範的同時，也發揮自己的創意，跳脫一般的規則，不過，因為在外地並沒有辦法接觸到這種創意，所以，《時尚》透過書面將這種超越常規的微妙Know How 教給地方上的讀者。總歸一句話，《時尚》藉著提出這種新概念，把地方上的讀者從不發表任何評論，只介紹流行訊息的《婦女時尚》手上搶了過來。

但是，在開戰之後，或許是因為性格保守，地方上的讀者還是選擇忠於擺有蘭堤的時尚畫卡的《婦女時尚》。不過，以擁有高知識水準的女性為目標讀者的《時尚》卻藉著高級文學讀物和精緻時尚報導的魅力，開發出和以往完全不同的讀者，而成為《時尚》忠實讀者的便是身為流行創造者的時髦的巴黎社交界人士。

漸入佳境的《時尚》以「陸續挖掘巴爾札克、喬治・桑（George Sand），以及歐仁・蘇❻（Eugène Sue）等新人才，並透過和時尚沒有關係的高級報導來提高時尚的格調」這樣的戰略擴大了讀者的層次，不過，在另一方面，他們卻也沒有忘記要提拔天才時尚畫家加瓦爾尼❼（Paul Gavarni），以求讓時尚畫卡更加豐富。

加瓦爾尼雖然從一八三〇年五月開始登場，但他的時尚畫卡，不管是女模特兒的可

註⑤——荒俣宏（1947－），日本博物學者、收藏家、小說家、神祕學者、翻譯家，學問領域極廣泛，可說是日本雜學的代表人物。

註⑥——歐仁・蘇（Eugène Sue, 1804－1857），法國小說家，長篇連載小說的先驅者之一，作品經常描述法國工業革命帶來的弊端及上流社會的生活。代表作有《巴黎之神祕》、《流浪的猶太人》等，《巴黎之神祕》還曾影響雨果的《悲慘世界》。

人姿態，充滿透明感的手繪鮮豔色彩，還是設計的大膽開放，都造就了無與倫比的時尚插畫。看著加瓦爾尼所畫的凝視化裝舞會服裝的女人們，即使不是包法利夫人，應該也都希望自己可以穿上這樣的衣服去參加歌劇院的晚會吧，就算是只有一次也好。據我所知，古今中外，可以和加瓦爾尼相匹敵的時尚畫家大概只有裝飾藝術（Art Deco）的喬治．巴畢耶❽（George Barbier）而已。

之後，《時尚》脫離吉拉丹的管轄，在正統王朝派的主持下繼續發行，但在加瓦爾尼離去之後，《時尚》就再也無法像以前那樣亮眼動人了。

取而代之成為時尚報新面孔的是由後來創辦了《費加洛》（*Le Figaro*）的新聞業者威爾梅桑❾（Hippolyte de Villemessant）所親手創辦的《空氣精靈》（*La Sylphide*）。這份報紙的名稱雖然是取自歌劇院的著名芭蕾舞者瑪莉．塔格莉歐妮（Taglioni Maria）的芭

◆精品店的開幕廣告、最新的流行情報是讀者對時尚報的想望。

蕾作品，但是它的特徵卻是在其藍色的封面上。因為這個封面不只因塗了釉藥而閃閃發亮，在每一期還都灑上了不同的香水，為了搏人喜愛，在視覺和嗅覺上都下足了功夫。而負責調配這些香水的就是名為皮耶・法蘭索瓦・巴斯卡・嬌蘭（Pierre François Pascal Guerlain）的調香師。當然，他也就是在不久後創造出「蝴蝶夫人」（Mitsouko）和「夜

註⑦——加瓦爾尼（Paul Gavarni, 1801 or 1804–1866）法國平版畫家、油畫家，畫筆細密富於情趣，擅長以文化角度描繪當時的社會情景，曾為巴爾札克、歐仁・蘇的的作品繪製插畫。代表作有《輕佻佳麗》（*Les Lorettes*）、《面具》（*Masques et visages*）等。

註⑧——喬治・巴畢耶（George Barbier, 1882–1932），二十世紀初期重要的裝飾藝術（Art Deco）風格法國插畫家。一九一一年他二十九歲時在巴黎舉辦了第一次展覽，從此便平步青雲。早期除了為《*Vogue Magazine*》插畫外，還設計芭蕾舞劇的服裝，後來更涉足珠寶、玻璃、壁紙等等的設計。一九三二年於他事業顛峰時去世。

註⑨——依波利特・德・威爾梅桑（Hippolyte de Villemessant, 1810–1879），一八五四年接手恢復當時已停刊的《費加洛》週刊，改為日報，他以巴黎知識分子階層為目標讀者，創建常設專欄、簡明新聞及讀者回函等欄目，其中最著名的是〈回聲〉專欄，為《費加洛報》塑造了以公眾服務為己任、值得信賴的印象。威爾梅桑是十九世紀《費加洛報》最重要且最具影響力的主編，一八七九他過世時許多社會名流如巴爾札克、福樓拜等都出席他的葬禮，並為文追悼。

間飛行」（Vol de nuit）的香水品牌——「嬌蘭」的創始者。

就這樣，在包法利夫人申請預約訂閱時尚報的時候，時尚傳播業已經備齊了精美的時尚畫卡、最新的流行情報、知名作家所執筆的高級文章、歌劇和音樂會的報導、社交界和戲劇圈的八卦、販賣流行商品的精品店地址、暢銷商品的介紹等等現今流行雜誌的所有內容，不過這些卻幾乎全被巴黎這個巨大的幻影所支撐著。

或者應該說是因為發生了「當巴黎的幻影越是龐大，時尚傳播業的發展便越是蓬勃，而當時尚傳播業越是發展，巴黎的幻影也就更形擴大」這種進退兩難處境（double bind）的因素。

包法利夫人等人的確可以說是在這種效應的夾擊之下敗亡的。但是，因為這種效應的束縛真的相當甜美，所以任誰也不想逃離這種痛苦。

第4章

從修道院到社交界

因為對丈夫夏爾的平庸感到失望，包法利夫人夢想著可以透過其他邂逅和其他的男人結婚，說不定，那個男的還是個才華洋溢的上流階級美男子，而她也很自然地就更加堅信修道院的同學一定也都和很出色的對象結婚。

我那些朋友現在都過得如何呢？大家一定都住在都市裡，被街道上的噪音、劇場的喧鬧和舞會上的耀眼光亮所包圍，心情愉悅，感覺就像過著花開般燦爛的生活。相較之下，我的生活就像是天窗朝北的閣樓房間那般冰冷，倦怠像蜘蛛一樣，默默無聲地在心中四個陰暗的角落裡築巢，艾瑪回憶起頒獎典禮那天，她在眾人的讚美聲中走上講台，她讓編好的頭髮垂下，拉起白色洋裝的下擺，露出黑色毛織鞋的模樣，想必一定非常可愛。回到座位上之後，男老師們都屈身跟自己道賀。前庭停滿了四輪馬車，大家從車窗向自己道別，音樂老師提著小提琴的箱子，在路過時跟自己打招呼。這是多麼久遠的事啊！所有的一切都離今天好遠好遠。

——《包法利夫人》

可能的話，艾瑪應該很希望可以直接和朋友們碰面，就算不能見面，也希望可以相互通信。她一定很想清楚知道朋友們和什麼樣的男人結婚，過著什麼樣的社交生活。但是，住在鄉下的艾瑪，根本無法得知朋友的消息，無奈之餘，她只好弄來了在當時算是有力情報來源之一的小說。

歐仁·蘇的小說對傢俱的描寫最讓她印象深刻，藉著閱讀巴爾札克和喬治·桑的作品，她得到了滿足自身渴望的幻想之糧。

——《包法利夫人》

因為是艾瑪，所讀的小說也應該都是最新出版的，這樣的話，從這本小說所設定的年代看來，她所讀的歐仁·蘇的作品應該是《流浪的猶太人》（*Le Juif errant*），喬治·桑（George Sand）的作品則是《魯城的伯爵夫人》（*La Comtesse de Rudolstadt*）。

那巴爾札克呢？想必一定是《兩個新嫁娘》。因為這本《兩個新嫁娘》正是為了和艾瑪處於相同環境的妻子所寫的十九世紀版「時尚款式與優雅儀態講座」❶（BCBG講座，Bon Chic, Bon Genre）。

現在我們總算可以離開《包法利夫人》，回到《兩個新嫁娘》的故事裡。在此，就讓我們再次確認一下故事的開端。

*

貴族的女兒露薏絲．修律雖然因為家裡的關係，被送到布洛瓦的加爾莫羅會寄宿學校，並預定在那裡以修女的身分度過一生，但是，因為好朋友勒內．莫康芙為了相親而早一步離開寄宿學校，由於太過寂寞，她患上精神衰弱，弄壞了自己的身體。

但是，很幸運的，眼看著就要成為修女，終生遭到幽禁的她，卻因此而得以離開修道院。

露薏絲離開修道院的那一天，搭著帶有修律家徽章的豪華馬車的隨從和隨身女僕從巴黎到布洛瓦來接她。

勒內，這是發生在那天早晨的事。在我的生涯當中，這一天應當用玫瑰色的書籤來加以紀念。從巴黎來的隨身女僕和最後一位侍奉祖母的隨從菲利浦已經要來把我帶回家了，當伯母把我叫到房間裡告訴我這一番話的時候，我因為太過興奮而說不出話來，我呆呆地望著伯母。（……）我緊緊地抱著伯母，可憐的伯母終於把我送到馬車上，然後，她輪番地看著我和先祖們的徽章。

大貴族們旅行時所搭的並非公共馬車或郵務馬車，而是自家用的旅行馬車，在修律家，因為擁有僅次於王室的高貴家世，所以，迎接人在布洛瓦的女兒時，也是使用這輛旅行馬車。

不過，以現今的常識看來，「不用說是父親了，就連母親也沒有來迎接自己的獨生女」這件事實在是相當奇怪，這份驚訝在讀到有關露薏絲到達巴黎之後的描述時尤其明顯。「剛剛抵達的時候，誰都沒有來迎接我，媽媽去了布洛涅森林，爸爸則是到參議院

註①——BCBG是法國上流社會的一個代稱，Bon Chic, Bon Genre，意指好的款式與好的儀態。

◆上流社會的婦女花在社交上的時間，比現在職業婦女花在工作上的時間還多，對缺乏接觸時間的小女孩而言，美麗的母親反而成了憧憬的對象。

去了。」

這話聽起來雖然瀟灑，但仔細一想，這樣的情形實在是非常不尋常。因為，九歲時就進入修道院的女兒到了十六歲時才回家來，爸爸和媽媽卻都沒有來迎接她，在政府擔任要職的爸爸或許還情有可原，但媽媽竟然搭著馬車到布洛涅森林去「散步」，散步竟然比女兒還要重要！事實上，不管怎麼說，因為這對上流階級的貴婦人而言，是不可或缺的每日活動，所以當然比女兒重要。無論如何，在這個時候，擅自從修道院跑回家來的女兒對身為貴族的雙親來說，幾乎不是關心的對象，特別是因為在女兒待在修道院的八年之間，母親一次也沒有來看過她，就連信也只來過兩封，所以肯定是和不負責任地說出「那孩子的確是我生的，但我為什麼就要養他呢？」的日本女演員抱持著一樣的想法。

實際上，到十九世紀前葉為止，這一直是上流社會普遍的習慣，因為上流社會的人們花在社交上的時間多過現代職業婦女花在工作上的時間，以至於太過忙碌，沒有時間養育小孩。當然，媽媽會僱用奶媽，自己絕對不親自哺乳，關於養育子女的一切事宜完全交給專門負責養育的女僕，教育則交給英國的家庭教師，不然，就是送到修道院的寄宿學校去。總之，一直到十六、七歲，可以被當做一個成熟的女子來對待之前，母親和女兒的關係等於是零。所以，對從修道院回來的女兒而言，美麗的母親感覺上反倒成了憧憬的對象。

雖然已經三十八歲了，媽媽還是像天使一樣美麗。媽媽的眼睛帶著微微的藍，如絲絹一般的睫毛、沒有半條皺紋的額頭、如上了白粉般的白玫瑰色皮膚，和妳一模一樣的微微挺胸的窈窕體態，世間絕美的雙手就像牛奶一般的白皙。（……）媽媽的美徹底地把我征服了。

對長時間以來除了不修邊幅的修女就再也看不到其他人的少女而言，身為社交界女王的母親看起來完全就像女神一般閃亮耀眼，將自己被拋棄的事忘得一乾二淨的露薏絲隨口便將自己的感動說了出來。

媽媽恐怕也沒有想過會從女兒的口中聽到任何關於愛的話語，我這份發自內心的讚美似乎深深感動了媽媽。媽媽的態度變了，而且也變得比以前更加溫柔。媽媽不再用「喂」來稱呼我，「妳真是個好孩子啊，我們兩個一定可以成為好朋友。」

儘管確實可以說是轉變成另一種狀態，但是母女的相會與和解卻沒什麼改變，而且，媽媽也和女兒約好從現在開始要將她帶入巴黎社交界。

那麼，女兒和父親的相會又是怎樣的一個局面呢？

「終於回來了，妳這個任性又自私的大小姐！」爸爸用手緊緊握著我的雙手，與其說是父親，他更像是個花花公子般地親吻著我，對我說話。

對露薏絲而言，母親感覺上是一個女人，而爸爸看起來也像是一個男人。

爸爸雖然已經五十歲了，但卻沒有失去魅力。年輕的體魄、挺拔的英姿、金色的頭髮，舉止和言談也相當溫文儒雅，外交官特有的，彷彿要開口說話，但卻又默不作聲的表情，鼻子又細又長，眼睛是茶褐色的。

這根本就是少女漫畫的世界，身為巴黎社交界中最美麗的女人的媽媽和如老練的花花公子般的爸爸，而且，兩個人還都是貴族，也是富豪之家，對待女兒就像朋友一般。

但是，巴爾札克的世界畢竟不是少女漫畫的世界，因為這樣完美的夫婦「絕對不會一起生活，他們相同的地方也就只有名字而已，而且，那和睦的景象也是演出來給大家看的。」為什麼會這樣呢？要回答這個問題，首先就必須瞭解當時上流階級的夫婦形態。

第5章

貴族的婚姻

在十九世紀前葉，結婚這件事情在基本上與其說是家庭和家庭，倒不如說是金錢和金錢的結合，當然，雖說通稱為「金錢」，但其中的有形財產和無形財產也會被換算成分數。比方說，所謂背景良好的家庭如果是和王室有關係的貴族，所換算的分數就非常高；而且，如果是女性的話，美貌當然也是一個極大的優勢；若是再加上「年輕」這一點，那就更不用說了。總而言之，得分最高的新娘候選人，首先就是同時具備出生於家世良好的貴族家庭、擁有許多嫁妝、年輕、貌美這些條件的女性。不可思議的是，「氣質良好」這一點幾乎得不到什麼分數。

但是，即使在貴族社會，也幾乎沒有幾個女人可以滿足這所有的條件。《兩個新嫁娘》中的主角露薏絲·修律等人，也和流亡賦歸的貴族一樣，雖然在嫁妝上多少遜色了點，但卻是幾乎可以滿足這些條件的少數例外。當然，不管是那位女性一定都有所欠缺。

比方說，露薏絲·修律的好朋友勒內·莫康芙雖然年輕貌美，在家世上，因為是地方貴族，所以也還過得去，但重要的嫁妝卻幾乎是沒有，因此得分很低，只能以那個分數來尋找對象。

另一方面，《高老頭》中的兩位女孩，雖然年輕漂亮，但因為是製麵業者的女兒，所以幾乎沒有什麼家世可言，不過，就因為她們的父親高老頭奉上了六十萬法郎（約六億日圓）的現金，所以長女阿娜斯塔吉才可以心滿意足地當上雷斯多伯爵夫人，次女德爾菲努則成了紐泌根男爵夫人。總之，嫁妝是補足分數最強而有力的方法。

但是，許多出現在巴爾札克小說中的年輕女性都是無力準備這份重要嫁妝的家庭的女兒，因此，戲碼也就由此而生。也就是說，如果分數很低，就只能搭配分數低的對象，如果是男人的話，家世和資產一樣都是考慮的因素，當然，美貌和年輕也是，不過，但因為男性也被分數制度所束縛，所以一定可以找到相配的對象。

男性靠著在社會上的實力所得的分數和女性並不相同。

比方說，《紅與黑》❶（*Le Rouge et Le Noir*）中的裘利安．索勒爾，他是木材廠家的三男，雖然沒有家世和財產，但卻擁有美貌和年輕，再加上能力也相當出眾，是個相當有野心的人，因此，貴族家的千金馬吉爾德才會愛上裘利安。像裘利安這樣的年輕人補足所欠缺的分數的這種「戲碼」便成了十九世紀小說的核心。但這暫且先撇開不談，讓我們將話題拉回到因為嫁妝太少而哭泣的女主角們的身上。

如果從單純的得分制來說，適合這些女主角的對象有兩種。一種是同時身為貴族和資產家，但卻缺乏年輕與美貌的男子，另一種是雖然身為貴族，也具有年輕和美貌，但卻沒有財產的男子。如果是不僅缺乏家世和財產，也沒有美貌和年輕的男子，戲碼就無法成立，所以並不在討論的範圍之內。

在《貝姨》❷（*La cousin Bette*）中，于洛男爵的女兒歐丹因為父親太過放蕩，財產越來越少，所以完全沒有嫁妝，於是，她將媽媽的表妹——老小姐貝蒂當家人般照顧的

◆上流社會的女性和比自己年紀大上許多的男人結婚，和年輕人談戀愛，似乎是一種慣例。

◆雖然看起來像是談笑中的兩位少女，但是事實上卻是當時時尚畫卡的基本姿勢，為的是要讓人家可以看到同一件衣服的前後剪裁。

◆早晨起床沐浴後，披上浴袍，喝一杯咖啡牛奶。因為還沒有穿上束腹，所以是高腰的。

◆雖然同樣是早晨的便裝，如果是左邊這樣的穿法，就可以當作外出服，如果是像右邊一樣的穿法，就成了隨意的居家服了。圍裙相當可愛。

◆因為加瓦爾尼（Gavarni Paul）畫作的特徵就是模特兒都像少女一般，所以，女僕風格的居家服看起來也非常時髦，連浴帽也相當前衛。

◆梳洗完後，換上簡單的服飾，因為是白色的薄紗（tulle），所以應當是夏裝吧。條紋是流行的英國風，戴上帽子之後就可以外出了。

◆雖然同樣是白天便服，但這兩件是作正式打扮的毛紗（muslin）外出服，如果把肩膀遮起來就十分適合杜樂麗花園，露出前胸和雙肩的話便可以在夜裡穿著。

◆雖然是沒有露出肩膀的白天便服，但卻是出席正式場合時所穿的絲絹洋裝。光看裝飾著羽毛的貝雷帽（beret）、長手套，以及拿著手帕和扇子的雙手就知道了。

◆根據《*Mode de Vienne*》的說明。現在雖然只有嬰兒服才依舊留著沒帽簷的帽子，但在當時卻是休閒服必備的單品。

◆在「旅行」誕生之前，富豪階級們喜歡在鄉下的別墅裡運動。這是上衣搭配拿波里稜紋布裙的休閒裝扮。

◆穿著毛紗大蓬裙（redingote）搭配上短斗篷（cape）的親子裝到杜樂麗花園去玩滾鐵環。

◆真稀奇，雖然是小孩子的服裝，但仔細一看就知道全都是大人時尚的縮小版。褲襪真是可愛。

◆撐傘的倫敦時尚。在薄棉製純白洋裝的搭配下，帽穗和高統靴的「黑」令人印象深刻。

◆這是介紹最新冬裝的畫卡。因為當時是長型披巾（shawl）的全盛時期，所以這種使用薄絹外裡和緞子內裡的中東風大斗篷相當罕見。

◆在《時尚》（*La mode*）中常常出現這樣的情侶畫卡。這是白天時結伴在城市中散步所做的打扮。

La Mode.

◆或許是因為當年（1830－31）很冷，所以散步時的打扮也是重裝備。即使在冬天，散步也是貴族的每日活動中不可或缺的習慣。

◆因為長統靴（brodequin）感覺上相當的堅固，所以成了步行鬧區時的打扮。黑貂手筒（muff）相當適合搭配印度棉的藍色洋裝。

波蘭流亡貴族青年史丹卜克從貝蒂的身旁奪走，也就是說，雖然這是後者的選擇，但這個選擇卻也讓貝蒂相當生氣，以致讓于洛家遭到激烈的復仇。

但是，大部分的時候，成為這些沒有嫁妝的女主角的對象的，是前者，也就是同時身為貴族和資產家，但卻缺乏年輕和美貌的男子，講得白一點，就是等死的六十歲老人（當時人類的平均壽命是五十歲）。因為，這樣的老人到了這樣的年齡還保持獨身並尋找結婚對象，總是會讓人心生疑竇，關於這個問題，再繼續讀下去便自然可以瞭解。

註①——《紅與黑》（*Le Rouge et Le Noir*），小標題為《一八三〇年的編年史》（*Chronique de 1830*）是法國寫實主義作家斯湯達爾（Stendhal, 1783 –1842）的代表作。小說的背景是王朝復辟時期的社會制度，紅與黑分別代表著「軍隊」與「教會」，因為當時上流階級的青年，除繼承祖產之外，「從軍」或「進入教會」是唯一的選擇。小說中大部分情節據說採自一八二八年二月二十九日《法院新聞》所載一個與作者同鄉青年貝爾特的死刑的案由。故事描述一個叫裘利安．索勒爾的貧苦青年，因追求權力與愛情最後被判處死刑的故事。書中對角色心理層面的描寫，被視為顛峰之作。

註②——《貝姨》（*La cousin Bette*），巴爾札克創作生涯最後階段中膾炙人口的作品，對親愛的人被奪走的貝姨心理及人格的描寫可蔚為後世小說的典範。

不管如何，這些女主角在雙親的勸說之下同意結婚：因為妳現在才十八歲，而對方已經六十歲了，只要再忍耐個五、六年，不管是財產還是家世都將成為妳的囊中物。不，不用說五、六年，只要生了孩子，妳就可以過得像個外人，不管妳是要交男朋友，還是要做什麼，全都是妳的自由，因為規矩就是這樣啊。

事實上，在十九世紀的貴族社會中這就是慣例。不管是戀情或是愛情都是在結婚之後才發生，一旦結了婚，特別是生了孩子之後，只要不是那麼互相吸引，即使住在同一個屋簷下，夫婦倆也會形同陌路。

不，雖說是「在同一個屋簷下」，但嚴格說來，這種說法並不正確。因為，所謂貴族的宅邸，就像現在兩代同堂的住宅一樣，就構造上來說，只有位在「ㄇ」字中央的大客廳和餐廳是共用的，除此之外，就在兩側的不同建築中各自過著各自的生活。也就是說，夫婦只會偶爾在吃早餐的時候碰面，大部分的時間都依照各自的時間表來生活。

在這裡，我說個題外話，根據建築史學家藤森照信❸先生所言，在明治時代，為了過新婚生活而建造的赤阪離宮就是以這種夫婦分棟而居的傳統法國貴族宅邸為模型來建造，因此，新婚的皇太子夫婦只好住在不同的建築中，連碰面的機會都沒有。這是一個因為建築家不知道法國貴族的生活習慣而以西洋建築為模型，並加以徹底模仿所造成的悲劇。或許也不光是為了這個原因，總之皇太子夫婦很快就離開了赤阪離宮，之後，這裡就被當作迎賓館來使用了。

從修道院回到巴黎的雙親身邊的露薏絲．修律，在家庭教師格里菲思小姐和隨從菲利浦的帶領下所進入的就是這種位在獨立建築裡的套房。當然所謂的套房，在這裡指的是由寢室、沙龍和梳妝打扮用的小房間所組成的組合房間，只要是三層樓的宅邸，一般都會在兩側的獨立建築中各自搭建兩個或三個這樣的套房。

露薏絲被帶入的是以前祖母所住的套房。露薏絲一邊回憶著相當疼自己的祖母，一邊觀察著這套房的裝潢。

註③——藤森照信（1946－），日本建築史家、建築家。在建築史方面他專攻日本近代建築史的研究。在建築設計中則追求自然與人的「寄生」關係，人工物與自然物的微妙平衡點。「野蠻建築」是他近年來建築精神的核心。

雖然房間是白色的，但因為年代久遠，所以呈現幾分灰暗。在有趣的金色阿拉伯式圖案上，處處帶著紅色的斑點。（……）祖母在二十五歲時所畫的肖像被放在蛋型的畫框中，掛在國王肖像的對面，在這裡完全看不見公爵的畫像。祖母性格的優點很明顯地在這裡被表現出來，像這樣沒有偽飾的、完完全全的遺忘方式，正是我喜歡她的地方。（鹿島茂傍點）

露薏絲的祖母似乎十分忠於貴族的「慣例」，當然，露薏絲的母親也謹守著這個「慣例」。

媽媽住在位於同一棟建築的一樓且和我的房間擁有相同格局的套房裡，我剛好就在媽媽的正上方，兩個人用著相同的內部樓梯，爸爸則住在對面的建築中。

請大家注意一下「這套房中設有內部樓梯」這件事，也就是說，只要使用這個樓梯，愛人就可以光明正大地進出媽媽的房間，而且，事實上，這個樓梯也就是為此而建造的。

上流貴族的夫人們雖然都在中午過後起床、梳妝打扮，不過，愛人或追求者也大多會在這個時間爬上樓梯，如果沒有沙龍，就在梳妝用的小房間裡和夫人們講話。

但是，在這個階段，夫人們的對象幾乎都是比自己年輕的英俊青年（可能沒有財產），也就是說，女性和比自己年紀大上許多的男性結婚，和年輕人談戀愛，不久，等丈夫去世之後，就和這位年輕男性結婚，接著，等這位女性去世之後，男性就繼承她的財產，和年輕的女性結婚。如果要回答剛剛的問題，沒有嫁妝的女主角的對象，事實上，就是在等待這種循環的男性。

雖然如此，但大家不覺得這種一生結婚兩次的制度是一個很好的發明嗎？

第6章

公爵夫人的日常生活

（之一——優雅的每日活動）

對把社交生活當成「工作」的貴族們而言，一天當中最重要的事當然就是出席晚上在巴黎各地所舉辦的各種晚會和舞會。

按照慣例，因為這些晚會或舞會都在晚上十點左右的時候開始，因此當宴會結束、回到家時，早則半夜兩點，晚的話還會到四、五點。但是，因為晚會和舞會對不工作的貴族們而言就是所有生活的前提，所以，就算這麼做會違反自然的法則，但也只有這個時段是不可變更的，因此，生活方面只好加以配合。

於是，日夜顛倒的社交界生活就開始了。早上和中午是為了晚上的社交生活而準備的休息時間。說起來，這樣的生活和上夜班的勞動者倒是相當類似。

偶爾，當這種日夜顛倒的生活從外頭闖進了不相干的人時，就會發生一些麻煩。比方說，從加爾莫羅會修道院回到巴黎的《兩個新嫁娘》中的露薏絲，就這樣不知所措了起來。

隔天早晨，我起床之後，房間已經打掃乾淨了。（……）我終於也安定下來。唯一困擾的是，誰也沒有注意到加爾莫羅會修道院的寄宿生一早開始便會肚子餓，所以，為了要準備早餐給我吃，蘿絲就變得相當辛苦。「小姐在我準備晚飯給大家吃的時候就寢，在主人剛剛回家的時候醒來」蘿絲說。

就誠如露薏絲所言，社交界的人在四、五點時就寢，在上午十一點或中午的時候起床是相當普遍的事情。其實，這個睡眠時段正好和我的一模一樣。當然，這並非意味我過著社交生活，而是當我在寫東西的時候，很自然地就會變成如此。但是，過著這樣的生活之後，我便對要稱呼「接近中午時，起床後所吃的那一頓飯」是早餐還是午餐感到相當困惑。

不過，在十九世紀，這並不是什麼問題。因為原則上用餐只有 déjeuner 和 diner 兩次而已。

déjeuner 在現在指的雖然是法語中的「午餐」，但是它的語源和英語的 breakfast 一樣，是結束斷食（jeuner）之意，意味著「早餐」。也就是說，在以前雖然分別以 déjeuner、diner、souper 來稱呼早餐、午餐和晚餐，但是因為貴族起床的時間漸漸變晚，所以也就一個個的改變了，變成 déjeuner（午餐）、diner（晚餐），而souper 則降級成為宵夜。

不過，因為這樣的話就沒有針對「不屬於社交界的普通人所吃的早餐」的稱呼了，所以，很快的 petit- déjeuner 這個字就被發明了。

不管如何，接近中午才起床的社交界人士悠閒地吃完 déjeuner，一天之中，夫婦見面的時間也只有這個時候了，之後就依照個別的時間表自由行動。在修律家déjeuner 的時間被安排在十一點到十二點似乎是極為普通的事。

這déjeuner 是唯一可以和爸爸、媽媽以及哥哥們以稍微輕鬆一點的心情碰面的時刻，僕人們如果沒有搖鈴就不可以進入。在這以外的時間，爸爸、媽媽和哥哥就好像約好了一樣，通通都不在家。

露薏絲的母親，也就是修律公爵夫人，出現在這頓 déjeuner 之前，會細心地梳妝裝扮，因此出席在 déjeuner 中的她「就像女神一般美麗」。露薏絲從早上時自媽媽房間傳出的聲音推測媽媽的模樣。

我總算知道從媽媽房間裡傳出來的聲音到底是什麼了。首先，媽媽會洗冷水澡，然後，喝一杯冰的鮮奶油咖啡，接著再換衣服。除了某些特別的情況，她很少在九點之前起床。

現在，在法國人之間，「早上起床後馬上洗澡淋浴」這樣的習慣雖然已經是十分理所當然的事，但在十九世紀，就算是上流階級，「浸泡在自家的浴缸中」這種洗澡方式乃屬極少數的例外。

第一，因為巴黎的自來水和下水道幾乎都尚未設置，即使是像貴族豪邸這種用水量相當大的地方也都只能向水販買水。

◆一邊泡著澡，一邊享受由女僕端來的鮮奶油咖啡的貴婦人。

而且，因為「全身赤裸地浸泡在浴缸中」這件事以宗教的觀點來看，被視為是異教的禁忌，所以梳妝打扮主要還是以「用浸泡在洗臉盆中的毛巾來擦拭身體」這樣的方式在進行著。

但是，因為和修律公爵一樣在大革命的時候流亡到英國的貴族在英國養成了入浴的習慣，所以，回到巴黎之後，便馬上把入浴當成最新的流行之一來身體力行。不過，因為在當時還沒有浴室，所以入浴都在被放置於夫人梳妝打扮的名為「淑女的私室」（boudoir）的小房間中的浴缸來進行。

再者，露薏絲的母親雖然洗的是冷水澡，但因它可以讓肌膚更加緊緻，所以在當時成了一種流行於上流貴婦之間的美容法。

露薏絲的母親在入浴之後雖然會進行早晨的更衣，但在這個時候一般來說都會換上寬鬆的睡袍，也尚未穿上束腰。當然，下樓吃 déjeuner 的時候應該會套上輕便的居家服。déjeuner 結束之後，在兩點之前，媽媽會再度仔細打扮。因為，「到了兩點，年輕男子就會來找媽媽了。」因此，「在兩點到四點之間，是絕對見不到媽媽的。」

雖然在《兩個新嫁娘》中並沒有寫上在這段時間媽媽是以怎麼樣的姿態與那個年輕男

子碰面，不過，在《高老頭》中卻詳細描述了這段時間裡，在不知情的狀況下前來與雷斯多伯爵夫人見面的主角歐也納．拉斯蒂涅眼中，伯爵夫人的嬌豔身影。

拉斯蒂涅突然回頭看了一眼夫人的身影，她嬌媚地穿著白色喀什米爾搭上玫瑰色結扣的浴衣，如早晨時的巴黎女人一般，隨意地將頭髮紮起，四周飄散著一種難以形容的香味，想必一定是剛剛才洗過澡。讓人感覺備增柔軟的豔麗姿態看起來更顯風情，眼睛晶亮地閃著。如果是年輕小夥子，一定會不知節制地看個仔細。（……）因為剛剛才從浴缸走出，浴衣有點敞開，拉斯蒂涅的視線不禁落在透過若隱若現的喀什米爾布料所看到的玫瑰色胸部附近。伯爵夫人並不需要束腰等人工調整工具，只要衣帶就可以突顯她那柔軟的腰部線條，脖子顫抖的樣子顯得相當妖媚，被拖鞋包覆著的雙腳也相當可愛。

——巴爾札克，《高老頭》

讓我告訴還沒有看過《高老頭》的讀者們，很遺憾的，雷斯多伯爵夫人以這麼衣冠不整的姿態所等待的，並不是拉斯蒂涅，而是在會客室的另外一個人——馬克辛．脫拉依伯爵。

當馬克辛正要拉起夫人的手來親吻時，歐也納終於注意到馬克辛的存在，而夫人也在那個時候才認出歐也納。「哎呀，原來是你啊，拉斯蒂涅先生，歡迎歡迎。」夫人講話的語調是只要敏感一點的人馬上就可以理解的那種。

——《高老頭》

就算在初次見面的年輕人面前以這樣的姿態現身，雷斯多伯爵夫人看起來也完全沒有害羞的樣子，只能說這的確是十九世紀貴族的模樣。

因為，在十九世紀前葉，只有當對方是長輩的時候才會讓人感到害羞，對於年紀比自己小的人，在很極端的情形下，貴族夫人甚至還會很平靜地一邊洗澡一邊與他們會面。羞恥心這件事，在不同的時代所代表的意義也完全不同。

第7章

公爵夫人的日常生活

（之二——漫步杜樂麗花園）

從修道院來到巴黎的社交界之後，對環境突然改變的露薏絲·修律而言，最感驚訝的就是身為社交界明星的公爵夫人（也就是媽媽）忙得連一點空閒的時間都沒有。

首先，修律公爵夫人就如上一章所描述的一般，十一點左右起床，花一、兩個小時梳妝打扮之後，在兩點左右吃完早餐。

之後，就依照下列所述的緊湊行程來活動。

媽媽更換衣服，在兩點到四點之間，絕對看不到媽媽的身影。到了四點，她出去散步一小時。如果不在外面用餐的話，從六點到七點就是會客的時間。之後，到了晚上，她參加戲劇、舞會、音樂會，以及拜會等各種娛樂活動。也就是說，媽媽的生活充滿了各式各樣的事物，真正屬於自己的時間連十五分鐘都不到。

誠如大家所知，之所以會從兩點到四點都看不到身影，是因為愛人來訪的關係，當然他們並不是每天都像這樣在自家宅邸中碰面，特別是當天氣好的時候，她們也常常在這個時段以外的時間在外頭碰面，而且約會的場所也一定是在杜樂麗花園（Jardin des

Tuileries）或香榭儷舍大道。

杜樂麗花園在十九世紀的社交生活中佔據了在今天看來十分難以置信的重要地位，因為這個公園對貴婦人和花花公子來說，扮演著如「約會地點」般的角色。

首先，到了兩點左右，附近的街道就會變得喧囂熱鬧而充滿活力，因為，已經養成午後散步習慣的貴婦人們會搭著卡拉施四輪敞篷馬車❶（calèche）或蘭道馬車❷（landau）這種豪華馬車不斷地在公園中繞行著。

貴婦人們坐在排列於名為Grands Boulevards 的中央林蔭大道樹蔭下的椅子上，和熟識的貴婦人熱烈談論著時尚和戲劇，在這裡，禁止談論在晚會或舞會上所聽到的謠言和誹謗，只能聊些被誰知道都沒關係的無謂話題。說到服裝，款式雖然比早上的居家服優

註①——calèche，卡拉施四輪敞篷馬車，為雙馬四輪馬車，車身較淺，車身後有軟式摺篷蓋，是一種船形敞篷馬車。前面的車夫座位高出車身。

註②——landau，蘭道馬車。德國設計的四輪馬車，有兩排面對面座位，可容四名乘客，前面還有高置的車夫座位。它的特點是有兩個折疊式車篷，分別裝在前後兩端，可在車頂合攏構成一個有側窗的箱形圍篷。通常由四匹馬拖行，十八世紀在英國相當風行。亦稱分頂式四輪馬車。

◆貴婦人們搭著豪華敞篷馬車在公園內繞行著，併排坐在樹蔭下的人們則對著馬車及旁人的服飾品頭論足。

雅，但卻遠遠比晚上的舞會或看戲的衣裝還要休閒許多，Simple is Best 是基本原則。

在林蔭大道上，貴婦人們表現出稍不注意就認不出來的儉樸、舒服和優雅。（……）不管是帽子、洋裝、鞋子都選擇最簡單的款式。

——若南❸（Jules Janin），《巴黎的夏天》

但是，這種簡單的服裝也是最能直接了當地展現穿著者品味的服裝，反過來說，對走在流行前線的巴黎貴婦人而言，杜樂麗的服裝正是展現她的手腕的時候。

在這裡，巴黎的貴婦人不花大錢，只靠品味的好壞來一決勝負。

——《巴黎的夏天》

不過，「穿著風格簡單的款式」這件事，事實上也正說明著她們並不以「被看」為主要目的。「她們來這個公園的目的，並不光是為了要被人家看，也為了要看別人。」

（《巴黎的夏天》）也就是說，對貴婦人們而言，到公園中來「看」花花公子也是「工作」之一。

在這麼做的同時，也不斷有年輕男子來點頭招呼或向她們靠近，雖然這只是一瞬間的事，但這個招呼卻擁有足以和拜訪匹敵的意義。

——《巴黎的夏天》

然而，來到這裡的花花公子們並不光是已經成為貴婦人們的對象的人，也就是說，也有許多希望貴婦人們的眼光就此可以停留在自己身上的年輕人。

另一方面，在這些花花公子看來，在散步大道❹（Grande Allée）的貴婦人們眼前散步，就像在女性評審前參加時尚競賽一樣，不管自己多麼想要成為完美的花花公子，只

註③——若南（Jules Janin,1804 –1874），法國記者、小說家，與行文冗長的多題材作家。從一八三六年至一八七四年為法國《論戰報》的戲劇專欄作者。他曾說巴爾札克是發現四十歲女人的哥倫布。

◆不管自己多麼想要成為完美的花花公子，只要貴婦人沒有多看一眼，就意味著失去了花花公子的資格。相反地，如果受到眾人矚目，品味出眾的證明書也就隨之而來。

要貴婦人沒有多看一眼，那就意味著他失去了花花公子的資格。相反地，如果受到眾人矚目，那「品味出眾」的證明書也會隨之而來。

《高老頭》的主角歐也納．拉斯蒂涅，用向故鄉的妹妹借來的錢改變造型，到杜樂麗花園來了。

> 歐也納打算在前往鮑賽昂夫人的屋宅之前，就在杜樂麗花園中漫步。這「散步」決定了學生一生的宿命，有多少貴婦人把眼光停留在他身上，就代表他有多麼貌美、年輕，穿著品味又是多麼高雅，看到自己幾乎成為大家讚賞的焦點，他已經把從妹妹們和叔母身上所榨取來的東西，以及符合仁義道德的潔癖性厭惡都忘得一乾二淨。
>
> ——《高老頭》

註④——Grande Allée，常指公園內的散步大道，字面上的意思為大巷。

不管對男人或女人來說，異性的眼光都有著比任何麻藥都要強勁的麻痺作用，所以，曾經一度在杜樂麗花園中受到眾人注目的人，就再也無法失去它們。而且，在這樣的轉變之後，他們也沒有辦法再回到誠實的生活。

不過，儘管如此，「光是憑著在杜樂麗花園被公認擁有高尚的品味，身無分文的年輕人就突然成為公爵夫人的愛人」這件事卻只是巴爾札克所創造出的神話。

就算萬一真的發生了這樣的事，一直到「正式錄取」之前，他們也會等待在晚會、舞會或歌劇院的看台座位這些場所舉行的複試。也就是等待調查才智的有無，以及家世的正統性的口試。

因此，杜樂麗花園所發揮的功能對想成為花花公子的人而言，便是確認自己的服飾衣裝和行為舉止是否滑稽的石蕊試紙，另一方面，對貴婦人而言，則相當於知道有多少花花公子會為了接受審查而靠近自己的人氣投票。也就是說，當時的杜樂麗花園就像是每天重覆進行著「看」與「被看」這種法國式男女戀愛遊戲第一局的視線競技場一樣。

不管如何，在杜樂麗花園這樣的公開場合，每天都進行著不管是誰都可以參加的兼具時裝展覽、幽會、入會儀式和遊戲等各項功能的活動，想一想實在是相當不可思議。

不過，如果再仔細一想，「貴婦人們特地以散步為名到這些地方去」這件事情本身，則更是不可思議。

當然，這或許是因為杜樂麗花園離大部分貴婦人所居住的貴族宅邸街——聖日耳曼區（Faubourg Saint-Germain）最近，同時最適合散步。

但是，為什麼貴婦人們必須在早餐之後到公園中散步呢？

事實上，這正是當時的醫學對害怕消化不良及缺乏新鮮空氣的貴婦人們所開立的健康處方。

也就是說，醫生們主張在像杜樂麗花園這樣充滿綠意的寬敞空間裡散步以促進消化，是維持肌膚健康的最好方法。

因此，貴婦人們便得以用這樣的健康法為藉口，在杜樂麗花園中享受時裝展覽、幽會和戀愛遊戲。

不管是制度或是習慣，雖然都有許多現在看來無法理解的地方，但歸根究柢，它們卻也意外地有著「科學性」的理由。

第8章

公爵夫人的日常生活

（之三——漫步香榭儷舍）

如果杜樂麗花園是享受服裝秀和邂逅的公共「約會據點」，那麼漫步在香榭儷舍和布洛涅森林便是相互吸引的貴婦人和花花公子們為了要更近一步認識對方而再度見面、許下約定的私人幽會場所。

不過，雖然十九世紀和現在都同樣稱之為香榭儷舍，但因完全無法聯想出它的模樣，所以在此我必須針對十九世紀前葉的香榭儷舍來加以說明一下。

在十八世紀中葉，巴黎上流階級人士乘著豪華馬車來到位在布洛涅森林的隆夏（Longchamp）的聖佳蘭會修道院（S. Clarae）於受難日至復活節期間所舉辦的彌撒，不管在好天氣或是一般天氣的日子，幾乎都會領著好幾輛馬車在香榭儷舍大道上享受散步的樂趣。當時，香榭儷舍幾乎沒有人家，寬廣的大道兩側種著行道樹，是駕著馬車飛馳玩樂的最佳環境。

貴婦人們優雅安逸地坐在相當於現代敞篷車的四輪敞篷馬車或蘭道馬車的豪華四輪馬車中，讓徐徐微風吹動緞帶，另一方面，花花公子們要不就騎著引以為傲的駿馬，要不就是自己駕著名為「卡布利歐雷」❶（cabriolet）的輕便二輪馬車，向隨著馬車搖晃的貴婦人們打招呼。

◆卡布利歐雷（cabriolet）輕便二輪馬車。

◆貝爾利努（berline）四輪有蓋豪華馬車。

◆卡拉施（calèche）豪華四輪敞篷馬車。

因為，在香榭儷舍，不管男人或女人都必須「看」對方，同時也必須「被看」，因此，馬車並非如庫普❷（coupé）這種雙座轎式馬車，或貝爾利努❸（berline）這種四輪有蓋馬車，所以，如果女人們不是搭乘卡拉施（calèche）這種四輪敞篷馬車或蘭道（landau）馬車，而男人不是搭著卡布利歐雷（cabriolet）輕便二輪馬車或是蒂爾伯里❹（tilbury）這種無蓋馬車的話就沒有意義了。

晴天的日子，在路易十五廣場（現今的協和廣場〔Place de la Concorde〕）到布洛涅森林之間，像這樣的敞篷式馬車綿延不絕。

和在杜樂麗花園散步一樣，貴婦人們以接觸新鮮空氣有助於維持健康這個醫師處方為藉口，但實際上，她們遊行的目的卻是炫耀財富，也就是向男人們炫耀自己是多麼富有，多麼地美麗而優雅。沿路上，除了花花公子，也有許多看熱鬧的人為了看一眼貴婦人們的盛裝身影而聚集過來；也就是說，香榭儷舍雖然是貴婦人和花花公子們的約會據點，但這個約會據點也完全就像正在舉行淘汰賽的高爾夫球場一樣，往四周一看，竟全是圍觀的群眾。

因此，即使是向貴婦們拋媚眼的花花公子們也必須準備足以和貴婦人的豪華馬車匹配的馬匹和馬車，當然，徒步前來的根本就不值得一提，沒有馬車和馬匹的男人連和貴婦人打招呼的資格都沒有。

正當呂西安走路前往停止施工的凱旋門前卻又想中途折返時，他看見了繫著漂亮馬匹的卡拉施四輪敞篷馬車迎面而來，當在其中認出埃斯巴夫人和巴日東夫人的身影時，呂西安相當驚訝。（……）他來到可以看到這兩個女人的地方，行了一個禮，巴日東夫人連看都不看他一眼，侯爵夫人則是用斜眼瞪了他一下，完全無視他

註①——cabriolet，卡布利歐雷敞篷輕便二輪馬車。十八世紀在法國使用的無門、有篷、單馬雙輪馬車。可供兩人乘坐，通常由其中一人駕車，後來改為四輪式，用於出租時，常為車夫設有活動座或邊座。

註②——coupé，庫普，類似客運馬車但車身較小的四輪輕便馬車，十八世紀中期在西歐和美國普遍使用。車廂內通常有一排供兩人乘坐的座位，外部另有一個較高的車夫座位。

註③——berline，貝爾利努，亦可拼做 berlin，為四輪有蓋式馬車，車身後側有敞開的摺篷。

註④——tilbury，蒂爾伯里型吉格馬車，是吉格（gig）馬車的一種，是一種兩人乘坐的單馬雙輪、敞篷輕便馬車，現在在賽馬會上仍可見使用。

的招呼。

——巴爾札克，《幻滅》

總之，在香榭儷舍，光是靠著對穿著打扮和興趣喜好的品味並不能分出勝負，在這之前，豪華的馬車和漂亮的馬匹這些道具絕對是必要的條件。關於這一點，在拙作《想要買馬車》中有詳細的描述。

那麼，受到花花公子們招呼的貴婦人們又是如何呢？歸根究柢，她們的外表也必須足以搭配那些東西才行。也就是說，除了「所搭乘的馬車是帶有徽章的豪華馬車」這個理所當然的基本條件之外，如果身上穿的衣服不是優雅且吸引眾人的華麗衣裳，花花公子們也不會來打招呼。

生平第一次來到香榭儷舍的《兩個新嫁娘》中的露薏絲．修律雖然拼了命地打扮自己，但卻沒有任何人來跟她打招呼。

昨天兩點左右，我到香榭儷舍和布洛涅森林去散步。（……）我穿了一身相當漂亮的服裝，按捺住笑意，用美麗的帽子遮掩住安詳的臉，裝出憂鬱的模樣，讓手臂在胸前交叉著。但是，卻沒有任何人對著我微笑，也沒有任何年輕男孩停下他的腳步呆望著我，完全沒有任何人回頭看我一眼。在這段期間，車子依舊配合著我的舉止，慢慢地往前行駛，彷彿就像是個誤會。

在想著只有一位俊美的花花公子走過來打招呼的時候，才發現那個人竟然是父親。在那之後，雖然還有一位花花公子向露薏絲．修律這裡眺望，但他的視線卻是朝著豪華馬車本身。就這樣，露薏絲．修律強烈感受到了巴黎社交界的深奧。

我似乎太高估自己的實力了，美麗應該是上帝賦予一個人的稀有特權，但在巴黎，卻似乎遠比我想像的還要尋常。

露意絲．修律為了這天的出遊，從頭到腳都花了相當的工夫去琢磨，以求能夠更加優雅出眾，但在坐在同一排的貴婦人們耀眼的美麗陰影下，卻完全模糊不清，一點都不顯

◆坐在公園樹蔭下，接受著四周男人目光注視的貴婦人們，同時也在對男人們評頭論足。

突出。相異於杜樂麗花園的散步，香榭儷舍的漫步只是一味地以炫耀財富為目的，因此，穿著打扮的重點並非「簡單」，而是「華麗」。在香榭儷舍，即使是在寬廣的郊外，也必須努力展現自己的美麗，像孔雀一樣穿上豪華的衣裝，做最亮眼的打扮。

關於這一點，母親修律公爵夫人藉著合時得體（TPO，time place

occasion）的打扮，吸引男人們的視線。

表現妖媚姿態的女人們接受來自男人們的慇勤招呼。男人們對著塗了鮮紅色口紅的女人們這麼說著。「啊，看那個人！」就這樣，媽媽一個人沉浸在男人們的讚美當中。

但是，在累積經驗的過程中，露薏絲也透過母親的動作舉止來學習，成長為在香榭儷舍集所有男人視線於一身的貴婦人。在巴黎，為了變漂亮，將男人們崇拜的眼神當作養分加以吸收是絕對必須的。

爸爸答應了我的要求，將巴黎數一數二的美麗馬匹和馬車讓給了我，那是有著白色和灰色斑點的兩匹馬以及對輪廓邊線相當講究的卡拉施四輪敞篷馬車。搭著馬車，坐在白綢裡子的陽傘下的我就像是一朵花。走上香榭儷舍之後，我看到瑪居梅騎著讓人瞠目的駿馬向我靠近。（……）那個人向我打了招呼，而我也很有精神地給他一個親切的回應。

這不就是成熟貴婦的模樣嗎？雖然進入社交生活只有半年的時間，修道院的少女已經徹底變身為可以隨意操控男人心情的「貴婦人」，而這也完全是因為她從母親修律公爵夫人，這一位社交界的老師那裡清楚地學會了「做最豪華奢侈的裝扮，並從男人的視線中確認自己已經成為耀眼的美麗存在這個事實」的方法。

一如杜樂麗花園是花花公子們的石蕊試紙，香榭儷舍和布洛涅森林的林蔭大道也發揮著可以讓巴黎的貴婦人們清楚認識自己的美麗的「魔鏡」般效果。

第9章

〔參加舞會〕

（之一）

社交界和舞會。大概所有青春期的女孩子聽到這兩個字都會雀躍無比，因為除了鹿鳴館❶時代，即使是在過去完全沒有出現過這種東西的極東島國（日本），女孩子們也都藉著從漫畫或電視所得到的訊息來盡情幻想。因此，在十九世紀的修道院中，沉迷於浪漫戀愛小說的寄宿生們當然也夢想著自己有一天可以穿上華麗的衣裳，參加最棒的社交界舞會。

但是，在十九世紀的法國，這樣的夢想極少成真。大致上都是，在偏僻的鄉下日以繼夜地照顧平凡的丈夫和小孩時，不知不覺地，夢想褪了色，不久，就連對華麗社交生活的嚮往也忘得一乾二淨。

對《兩個新嫁娘》中的勒內．莫康芙而言，在答應結婚的同時，她已經預想過這種樸素的生活了。勒內回信給一心想著要踏入社交界生活的好朋友露薏絲．修律。

當妳以修律家大小姐的身分對巴黎充滿著嚮往，要盡情享受那種華麗生活的喜悅時，妳那可憐的小鹿，勒內，這個鄉下姑娘，正從我們曾經一起生活過的天空頂端掉進平凡庸俗的世界，過著如雛菊一般的乏味人生。（……）以我們兩個人為女主角所描繪的小說和夢一般的世界，對我來說馬上就要消失不見。我現在就可以知道自己的一生，說到貫穿我人生的大事，大概也只是萊斯托拉德家的小孩們長牙、吃喝、折騰我們家的草地和我的身體，這些事情而已。（……）露薏絲，請妳活出我生命中那個幻想的部分，我想聽聽妳的冒險，請告訴我舞會和慶典的情形，妳穿什麼樣的衣服、在美麗的金髮上插了什麼花，然後，還有男人們的話語和言行舉止，也請都讓我知道。當妳傾聽、跳舞、被握住的指尖有任何感覺時，我都與妳同在。

聽了勒內這樣說，露薏絲・修律沒有理由不回應這個期待。於是，她很快地就寫了第一封社交界通信。

這兩、三天，我就要去參加摩弗里紐斯公爵夫人家的舞會，然後就可以親眼看到

註①——鹿鳴館，日本明治時期的外國人接待所，當時鹿鳴館經常舉辦晚宴、舞會及慈善晚會，堪稱為當時洋化的代表地。

一直很想瞭解的社交界。

當然，剛剛離開修道院的女孩子，並不能就這樣直接踏入社交界。首先，她必須從購買、準備適合參加舞會的服裝開始，露薏絲的母親修律公爵夫人對女兒展開諄諄教誨。

露薏絲，今天的晚餐我們邀請了客人，我想妳應該也有和我一樣的想法，要在社交界露臉，應該等妳到裁縫店去做好衣服之後比較好，所以，在跟爸爸與哥哥打過招呼之後，就馬上回到房裡去。

當然，修律公爵夫人這麼做並不光是為了女兒，她同時也是為她自己。但是，將母親的嬌豔身影與自己相比，剛剛從修道院回來的露薏絲，也只能接受這一番話。

我瞭解的，媽媽那教人癡迷的服裝正是我們在作夢的時候所窺見到的社交界的最初啟示。

然而，在十九世紀前葉的社會，並沒有所謂的成衣，即使是為了初次進入社交界所穿著的服裝也沒有辦法在精品店或百貨公司買到，因為，在當時，設計、材料和縫紉這三個元素各自獨立，就算想訂做新裝，也必須按順序地依照這三個步驟來進行。

首先，雖說是設計，但卻遠比現在更順應穿著者的主體性，也就是說，並非有一個稱為「設計」的職業，不管是誰，只要他想試著做這樣的衣服來穿，那就依據那個想法來購買布料，然後再交給縫紉店

◆上流社會的名流貴婦，在讀著詩作和小說的同時，想到什麼新的設計概念，就可以叫裁縫製作，那一年的流行就這麼決定了。

就可以了。但是，不管設計再怎麼自由，也不能任意做什麼古怪的設計，它自然有一套規範，而這也就是所謂的流行。

那麼，在沒有設計的時代，「流行」是怎麼決定的呢？像露薏絲的媽媽修律公爵夫人一樣的上流社交界明星仕女就是最棒的設計者，同時也是潮流的開創者。

比方說，當上流社交界的名流貴婦在讀著詩作或小說時，想到了什麼新的設計概念，她馬上就會把布行和縫紉店的人叫來，讓他們依照那個概念來製作禮服。因為她是一個對什麼事情都抱持著高度興趣的貴婦人，所以說不定也會自己畫設計圖。如果她穿著這件新禮服出現在舞會上，從隔天開始，社交界的貴婦人們也會向縫紉店訂做和她相同款式的禮服，那真的就像是一道命令一樣，沒有人可以違抗，而那一年的流行也就這樣決定了。

但是，這樣一寫，那《時尚》報的時尚畫卡又是為了什麼而存在呢？說不定有人會說，還不如說是時尚畫卡創造了最新流行，針對這個問題，可以說對，也可以說不對。

首先，我回答「NO」。現在，所謂的時尚雜誌，基本上是為了傳達各家品牌藉由在巴黎或紐約的展示品所發表的新潮流的媒體，它們並沒有在創造時尚。這一點，就連十九世紀的時尚畫卡也是一樣，也就是說，時尚畫卡是將擔任設計者角色的貴婦人所創造的流行轉化成美麗版畫的東西，它本身並沒有創造性。

當然，就像今天時尚雜誌和業者相互合作，在作品發表之前先將情報準備好一樣，當時的時尚畫卡也從貴婦人和縫紉店一起製作禮服的階段開始便進行祕密採訪，於是，就給人一種彷彿流行是從時尚畫卡所發布出去的印象。

◆就像是毛毛蟲化為蝴蝶的瞬間，少女在步入社交界之前，從內衣到鞋子都必須細細打扮。

特別是在第三章中所提到的吉拉丹的《時尚報》，因為它以教導服裝搭配和高尚品味為編輯方針，所以這樣的傾向非常強烈。也因此，不只是像包法利夫人一樣的鄉下中產階級夫人，就連身為流行發源地的巴黎上流社交界的貴婦人們也很快就接納在《時尚》中所介紹的最新流行。如果從這點看來，答案便是「YES」。

但是，因為母親正是流行的發布者，所以身為修律公爵夫人女兒的露薏絲就算是要訂做服裝，也不用為設計傷腦筋，也正因為如此，從修道院回來之後隔天，為了準備初次進入社交界，便叫來了縫紉店裡的人。

僕人菲利浦一整天幾乎都在精品店和縫紉店之間來回奔走，這些人打算徹底幫我改變樣貌。名叫維克托莉的著名裁縫師來了，內衣店和鞋店的人也來了，一旦脫下之前所穿的修道院的布袋般制服後，會變成什麼樣子呢，我就像是個小孩一樣，興奮地期待著。

這應該就像是毛毛蟲化身為蝴蝶的決定性瞬間吧，倘若是現在的話，這種機會應該就像是為了步上處女之路（virgin road）而訂做結婚禮服的時候。不過，對露薏絲而言，這樣的生活每天都在持續著，興奮的期待也是理所當然的事。從下一章開始，我們就來看看那變身的過程。

第10章

參加舞會

（之二）

進入社交界，參加舞會，露薏絲．修律的心情相當興奮，為了替她變身而被請到家中的裁縫師們首先便謹慎地從丈量衣服的尺寸這項工作開始。

這些裁縫師們似乎全都想花上大把的時間，束腹（corset）的裁縫師說，如果不想糟蹋我窈窕的身材就要等上一個禮拜。

說到十九世紀服裝的特徵，絕對非束腹莫屬。

◆年輕女孩要變成成熟的女人，首先必須利用束腹來勉強改造自己的軀體。

當時的束腹，顧名思義就是女性服裝的根基和骨架，所以，當脫下修道院制服的年輕女孩要變身為一位成熟的女人時，首先就必須利用束腹來勉強改造自己的軀體。也就是說，為了要踏入社交界並很快地邁向婚姻，就必須接受這種將緊綳的束腹穿戴在身上的酷刑，縮緊身體、支撐胸部、提高臀部，並將側面身影扭曲成S型。那是時代美學和性本能（eroticism）的要求，如果不喜歡這種酷刑，就只能放棄結婚回修道院去。

但是，即便如此，所謂流行的規範該是多麼地殘酷又不講道理啊。因為支援主宰十九

◆刊載在時尚雜誌上的束腹廣告，上面有形形色色的束腹。

世紀的「豐胸、細腰、高臀」美學而被採用的束腹，顯然是傷害了女性的健康。根據某位醫師的統計，穿著束腹的一百位女孩子當中，有二十個人患上結核病、十五個人死於第一次生產、十五個人在第一次生產後變得體弱多病，還有十五個人會變成畸形，經得起考驗的只有區區三十個人而已，但這些女孩子多少也都因為不舒服而感到痛苦。

然而，「流行」的要求是絕對的，因此，不管有什麼樣的危險，女孩子們都希望自己的身軀可以再纖細一些，於是她們將用鯨魚的鬍鬚做成的束腹細繩拉得緊緊的，身軀越是纖細，便越被大家視為「美女」。其中，甚至還有人和柯蕾特❶（Sidonie Gabrielle Colette）過去的女同性戀愛人貝寶芙女侯爵❷（marquise de Belbeuf）一樣，為了讓身體變得更加纖細而取下好幾根肋骨。

因為露薏絲的裁縫師非常瞭解這一點，所以，為了製作不會對露薏絲的身體造成傷害，但卻可以讓身軀看起來窈窕纖細的理想束腹，他才說需要一個禮拜的時間。

束腹的專制統治從一八一〇年開始到一九一〇年為止，剛好一百年的時間，也就是說被稱為執政內閣時期風格（directoire）的高腰寬鬆的希臘風禮服在拿破崙帝政末期的一八一〇年被廢止，而也就在這一年，薄綢束腹❸（Corset à la Ninon）被開發出來，開始回復到中段纖細的身軀，在那之後，隨著王朝復辟、第二帝政、第三共和制等時代的推移，對身體的束縛也變得越來越嚴格。一直到二十世紀，設計師保羅・普瓦雷❹（Paul

---

註①——柯蕾特（Sidonie -Gabrielle Colette, 1873 -1954），法國二十世紀上半葉傑出的作家，她是一位難得一見的女性主義先鋒，也是記者、美容師、裸體舞者。她的作品超過七十部，包括小說、戲劇、歌劇等。最著名的乃是改編成舞台劇和電影的《金粉世界》（*Gigi*）。是那個美好年代的傳奇人物和非議人物。所著小說大多描述愛情的快樂和痛苦。柯蕾特受母親的影響很大。她的小說《西多》就是寫她的母親和故鄉的風物。

註②——貝寶芙女侯爵（marquise de Belbeuf, 1862 -1944），一名變裝人，她更為人熟知的名字是Missy，「姑娘」之意，與柯蕾特有長達十年的同性戀生活。

註③——Corset à la Ninon，一種薄綢束腹，這是一八一〇年左右，根據十七世紀有名的沙龍女主人的名字取名的束腹，這種束腹讓鯨鬚的功能再度復活，它可以緊緊綁束住女性的腰圍，以塑造出女性豐滿的曲線。

註④——設計師保羅・普瓦雷（Paul Poiret, 1879 -1922），第一次世界大戰之前法國最著名的女裝設計師，他的設計屬新藝術（Art Nouveau）風格，在線條挺直的胸部下束一條帶子，解放了當時為束腰所苦的女性軀體。又基於當時人們對遠東藝術及俄羅斯芭蕾的興趣，他在荷包裙上又加了一件長及膝蓋的長上衣，由於他經常使用流蘇、羽毛、毛皮及豔麗的顏色，因此設計頗具舞台效果。

Poiret）在一九一〇年前後讓執政內閣時期風格的禮服再度流行，女性們才從束腹的酷刑中得到解放。

正當聊著有關束腹的無聊話題時，露薏絲的尺寸也量好了。但是，對露薏絲來說，似乎還有鞋子、手套、內衣褲等需要準備。

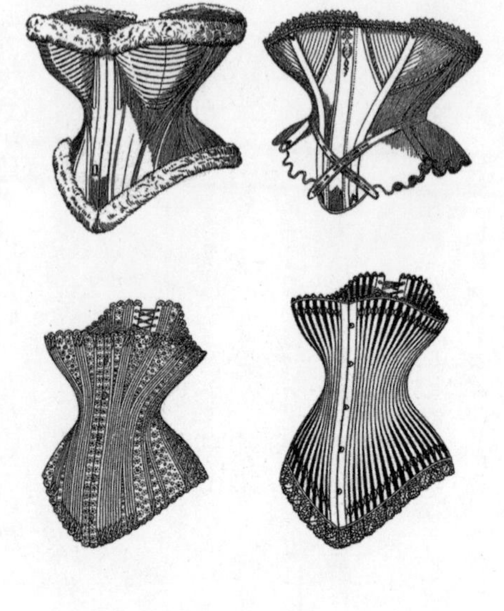

◆已婚婦女的束腹，為吸引愛人的眼光，經常都綴滿了蕾絲和刺繡，為配合服裝，也有各種各樣的款式。

歌劇院的鞋商強生三番兩次地說，我的腳和媽媽的一模一樣。我一整個早上就淨是忙著這些重要的工作，我甚至還到手套店量了手的尺寸，也在內衣褲店訂了貨。

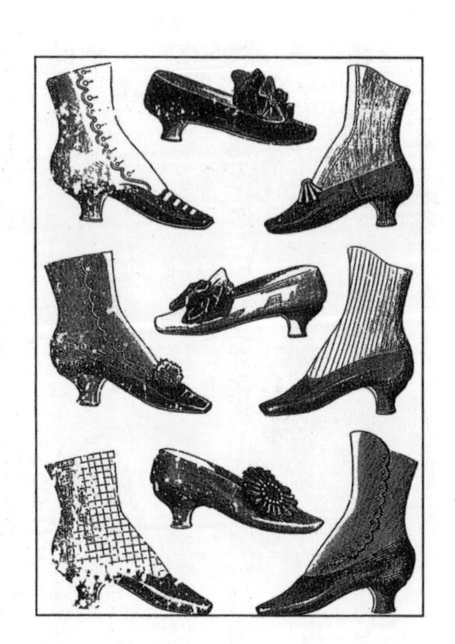

◆被隱藏在重重遮蔽的裙子下製作得精緻奢華的鞋子，反而是男人視線的焦點。

首先，說到鞋子，我們必須注意到，在十九世紀，男性們將視線集中於此的程度和現在完全不同。也就是說，對現在的男性而言，迷你裙下的雙腿絕對是注目的焦點，但鞋子卻不一定可以得到出自於性慾的注視，而且如果以這樣的眼神盯著鞋子看，這個人應該會被當作變態吧。但是，在十九世紀，鞋子很明顯地是欲望的對象之一，因為在完全被遮蔽住的下半身，鞋子是唯一可以被看到的部分。

在十九世紀，大家對女性裸露上半身這件事相當寬容，其中，肩膀和胸前，因為束腹和低胸露肩裝扮（décolleté）的流行，常常被大幅度地裸露，暴露在男性的視線當中，特別是在派對和舞會上，不管是多麼善妒的男性也不得不將上半身接近赤裸的女伴帶到大家面前，而那也是基於流行所要求的規範。

相對於此，下半身的裸露便受到極度的限制，拖曳的長裙大大地鼓起，雙腳則被包覆隱藏了起來，在男性前露出雙腳是絕對的禁忌。

但是，在這種情形之下，很不可思議的，比起因為低胸露肩的裝扮而露出的前胸，男性們的視線反而集中在被隱藏住的雙腳。如果因為一個什麼原因而瞥見了雙腳和鞋子，那個瞬間便是男性們在性慾上得到最大滿足的時刻。因此，身為一個女人，在選鞋子的時候就必須相當地謹慎細心。

看了刊載在《時尚》上的加瓦爾尼的時尚畫卡，我發現女人的鞋子，不管是短靴還是半筒靴，都做得非常精緻奢華，但這倒不見得只是因為意識到男人們的視線。也就是說，因為上流階級的女性在外出時一定會搭乘馬車，走路的機會只有在室內，就算是戶外，頂多也只是到杜樂麗花園散步，因此，製作鞋子的時候幾乎都不會顧慮到鞋子會接觸到泥土。第一，在當時，因為步道並不是那麼齊備，道路上滿布黑壓壓的泥巴，所以只要在路上走上一步，鞋子就糟蹋掉了。

至於手套，在某種程度上也和鞋子一樣，也就是說，自從在文藝復興的凱薩琳・美第奇❺（Catherine de Médicis）時代，鞣皮手套開始流行之後，女性的雙手就強烈地被賦予了性的意義，在這樣的趨勢下，女性就不得不學習「利用手套的性暗示作用，來刺激或壓抑男性的欲望」的方法。不管如何，雙手是女性和勞動無關的證據，手套必須是讓手看起來很小，讓手指看起來很修長的東西。

就這樣，針對包覆身體外部的東西，她們努力鑽研各種可以吸引男人眼光的竅門，但在另外一方面，對眼睛看不到的部分，也就是內衣褲的部分，則有著和現在不太一樣的想法。

註⑤——凱薩琳・美第奇（Catherine de Médicis）十六世紀法王亨利二世的王妃，一五三三年從義大利遠嫁入法國宮廷。當時法國的上流社會非常流行使用手套作為高貴身分的象徵，不過為了遮蓋手套的皮革氣味，並使手套更顯得優雅精緻，人們經常將手套浸在香水中，使其充滿香氣後再使用。這種風氣的流行，跟隨凱薩琳到法國的香水大師佛羅倫丁（Rene, le Florentin）居功厥偉。拜凱薩琳之賜，香水手套在宮廷中大為流行，手套的款式花樣百出，工匠們為了取悅皇親貴族，手藝神乎其技，甚至可以做出精巧得足以放入胡桃核中的迷你手套。

首先，對上流社會的年輕女孩而言，因為婚前性行為是絕對禁止的，所以內衣褲完全不帶有任何以被欣賞為目的的元素。

但是，另一方面，因為入浴這件事還不是那麼普及，只能靠著頻繁地更換內衣褲來保持清潔，所以，內衣褲也扮演著衛生道德的衡量標準。同時，內衣褲也是金錢和社會地位的衡量標準，因為在幾乎沒有自來水與下水道設備，要洗衣服的時候只能麻煩洗衣店的狀況下，內衣褲本身變得相當昂貴，所以未婚女性為了要保持衛生和道德，總是被要求穿著沒有裝飾的乾淨內衣褲。

相對於此，已婚女性反而因為必須在意配偶和愛人的眼光，所以會注意到內衣褲的設計。也因此，在十九世紀的法國，內衣褲的生產量急劇增加，帶有刺繡和蕾絲的內衣褲達到空前地普及，再加上因為禮服和裙子的蓬鬆鼓起，被重疊穿著的內衣褲數量增加了，與此同時，男性的欲望和戀物癖也跟著增強了。

雖然通稱它們為內衣褲，但是，在十九世紀還存在著以現今的常識來看相當無法置信的事實，首先，我們就根據菲立普．貝羅❻（Philippe Perrot）的說法來確認下一個論點。

十六世紀時，布蘭托姆❼（Abbe de Brantôme）傳述了在高貴而美麗的女性之間相當盛行的襯褲（caleçon）風潮，他描述了當時的情形：與其說瑪格麗特❽

註⑥——菲立普・貝羅的著作，英文版書名為*Fashioning the bourgeoisie : a history of clothing in the nineteenthcentury, by Philippe Perrot, translated by Richard Bienvenu, Princeton University Press, c. 1994.* 法文版書名為*Les dessus et les dessous de la bourgeoisie, by Perrot Philippe, Editions Complexe, c.1984.*

註⑦——亞比・德・布蘭托姆（Abbe de Brantôme, 1530 –1614 左右）。十六世紀法國重要文學家，據說他的成就足與和情聖卡薩諾瓦相媲美。《女人七論》是他的重要作品。這部經典作品是西方文化史上最重要的一部女人之書，是關於女人的最重要文獻。布蘭托姆洞悉女人的天性，在書中他列舉了許多有關女人的小故事，深入淺出，栩栩如生。我們可以從《女人七論》的標題中看出這些從實際出發的理論，鮮明地表現了女人世界的多彩，和對女人有限度的讚美。

註⑧——瑪格麗特（Marguerite de Valois），即史稱的瑪歌王后（La Reine Margot），她是法王亨利二世及凱薩琳・美第奇的女兒。西元一五七二年，攝政的凱薩琳太后將她嫁給新教領袖納瓦爾國王亨利（Henri de Navarre，或稱 Henri de Bourbon），也就是後來的亨利四世。婚禮於八月十八日在聖母院舉行，然而事與願違，聯姻並未給法國帶來預期的和平，她自己的婚姻也不幸福，她的故事曾被法國文豪大仲馬改寫成小說，且多次搬上銀幕。

（Marguerite de Valois）穿著襯褲是出於羞恥，倒不如說她是出於喜歡穿妖豔的衣服。但是到了十七、十八世紀，大家卻不再穿著它的嫡傳子孫，也就是發展成今日的女用內褲（pants）和男用內褲（shorts）的筒狀的內衣褲。

——菲立普．貝羅，《服裝考古學》

這個傾向延續到十九世紀中葉以後，名為drawers的筒狀內褲被當作是小女孩穿的衣服，成熟的女性如果穿了這種可以粗魯行動的內褲，就會被認為是粗鄙下流，她們只能在享受騎馬或溜冰等活動的時候穿著這樣的內褲。除此之外，在裙子下面也總是要穿上好幾件的襯裙（petticoat），因為襯裙就在禮服和裙子之下，有可能會被人家看到，所以加了厚重的蕾絲作為裝飾，沿著內側還縫著一些單薄的東西。就這樣，好幾件，有的時候，還會將十幾件襯裙穿在身上。

但是，在第二帝政時期時，一種被稱為裙撐架（crinoline）的鐵製裙箍出現了，在襯裙的數量減少之後，相對地筒狀內褲就變得普及，菲立普．貝羅說。

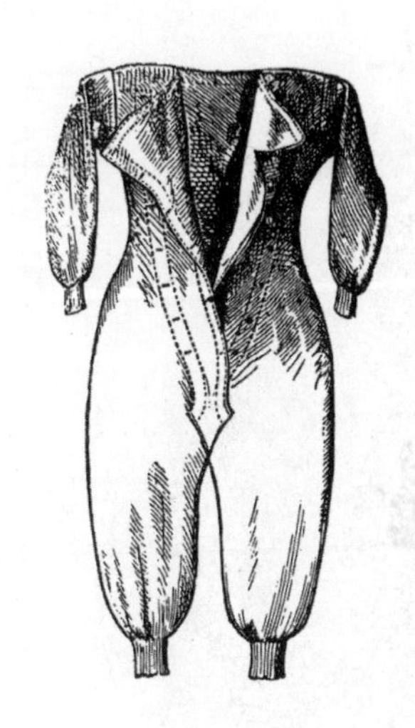

◆十九世紀時的襯褲及裙撐架。

這個習慣比裙撐架本身持續得還要久，在束腹、襯裙、吊襪帶❾（garters）都已經消失的今天，它們的短變種女用內褲（pants）和男用內褲（shorts）等都還繼續存在著。

——《服裝考古學》

註⑨——garters，吊襪帶，從十八世紀開始使用的一種固定長襪的彈性束帶，在彈性的材質外還會加上蕾絲或緞帶，通常是用圍繞腿部一圈的方式固定。

這段引文中所提到的吊襪帶，從garters轉變為suspenders❿，是十九世紀末的事。在那之前，襪子一般都用位在膝蓋上的小橡膠繃帶來固定。襪子以萊爾線⓫（lyre）的蕾絲編織為主流，這當然也成了男人性慾視線的對象。

雖然露薏絲請裁縫師和內衣店的人來幫她丈量從上到下所有服裝的尺寸，但是看了這部分的描述，身處現代的我們不禁要發出一個疑問，那就是，那些工匠是男人嗎？如果是男人的話，露薏絲不會不好意思嗎？讀了原文之後，我想內衣店的人應該是位女性，但在那之外，鞋店、束腹店、手套店的工匠都是男人。特別是束腹工匠應該是實際將量尺貼在露薏絲的身體上來量取尺寸，離開修道院之後，突然讓男性裁縫師看見自己的身體，露薏絲覺得無所謂嗎？

這完全不需要擔心，因為在十九世紀，身分的上下區隔相當清楚，上流階級的女性根本不把同階級以外的男性視為男人，她們以跟對待貓狗一樣的態度來和男人們相處，所以赤裸著身體一點都不會讓她們感到羞恥。

尊貴的貴婦人若無其事地在家臣面前換衣服，因為家臣們對她來說就像牛隻一般。

——巴爾札克，《優雅的生活論》

到這裡，裁縫師所負責的部分已經完全準備好了，不過，所有穿戴在身上的衣物中，只有一件是就算身為貴婦人也不得不出門到精品店去購買，那就是帽子。

在我吃晚餐的時候（雖然那在我家其實是午餐時間），媽媽和我到帽子店去買帽子，不過那似乎是為了要培養我的鑑賞力，讓我可以學會自己採買。

外出時一定得佩戴帽子，如果不戴帽子，

◆在帽子店裡採買帽子的貴婦人。

◆保護著舞會花束避免損壞的鐵籠。

就等於是告訴大家自己是一般的百姓女子。

對帽子的品味被視為決定性的因素，如何將帽子和衣服做搭配正是貴婦人展現技巧之處，因為如果服裝相當花俏但帽子卻過於樸素的話，所有的一切都將白費。因此，作母親的當然要對女兒施以品味上的訓練，而且，因為帽子「可以將小鳥、羽毛、花朵、水果、葉子、麥穗、薄紗、蕾絲、塔夫綢（taffeta）做成皺褶（reffle）、彩綢和褶紋裝飾，然後別上緞帶、打結、再讓它垂落，發展出各種組合，另外，帽子的配戴位置也必須注意。」（菲立普·貝羅，《服裝考古學》）所以在搭配上真的相當困難，時尚畫卡之所以會有帽子專輯也就是這個原因。

當然，因為在舞會、晚會及自己家裡反而不會戴帽子，所以帽子的設計都只針對白天的外出和散步之用。也因為在舞會和晚會上，最重要的焦點就是因為低胸露肩的禮服而被大幅度挖空的白皙肩膀和前胸，所以完全不需要會將它們遮掩住的帽子。

◆在大型晚宴上，帶著長長裙擺的亮華禮服、髮髻的花飾、鑽石，裝飾著裸露胸部的珍珠和寶石項鍊，都是絕對的必需品。

如果要做個比喻，帽子和低胸露肩裝兩者之間所呈現的就是反比的關係。

而那證據就在於，嚴禁在上午外出時穿著的低胸露肩服裝，隨著時代的演進而慢慢被允許，成為在夜晚的派對上不可或缺

註⑩——Suspenders，吊襪帶，十九世紀晚期開始使用的一種襪帶，從圍繞在腰部的布料下延伸出四條鬆緊帶，以夾鉗吊住長襪。

註⑪——lyre，萊爾線，一種以超長棉花紡織成的堅固棉線。

的東西。在一般規模的晚餐會上，雖然大家都認為稍微露出乳溝的樸素禮服比較得體，但在大型晚宴上，特別是舞會，帶著長長裙擺的豪華禮服、髮髻的花飾、鑽石、裝飾著裸露胸部的珍珠和寶石項鍊，都被認為是絕對的必需品，所以，在這樣的趨勢之下，因為穿著低胸露肩服裝而必須露出的肌膚面積也只好跟著變大。

舞會，是決定婚姻市場上少女們的商品價值的重要試煉，極端地說，它甚至擁有決定往後的社會生活和家人命運的影響力，所以，家人，特別是母親，便會為了這一天而使用各式各樣的戰術。露薏絲得到了母親的完美薰陶，為了準備首次在舞會中登場，她在鏡子前檢查自己的武器。

勒內，我已經準備好要進入社交界了，（……），今天早上，我重新整理了好幾次，仔細地依照慣例戴上束腹、穿上鞋子，勒緊身體、梳好頭髮、穿上禮服、化妝，試著將自己裝扮成即將參戰的決鬥者。我試著將入口的門關得恰到好處，想看看武裝後的自己是什麼樣子。

對結束青春期，即將進入社交界的少女而言，這的確是令人陶醉的一瞬間。露薏絲一定完全不敢相信穿著加爾莫羅會的修女制服的自己可以轉變成現在這副模樣。那麼，露薏絲對自己在鏡中的身影下了一個怎麼樣的評語呢？

看到勝利者因勝利而驕傲的可愛模樣，我變得雀躍萬分，旁人見到這副模樣，應該無法不認輸吧，我看了看我自己，下了這樣的斷語。（……）我是全法國最漂亮的女人之一，這麼說起來，這段話應該可以代表我這種美好的心情吧。

我雖然不知道日本人是否可以如此陶醉在自己的長相當中，但是，如果去問那些對自己的長相多少有些自信的女生，說不定她們也會很讓人意外地在鏡子前面發出一樣的獨白。

當然，就算是露薏絲，心頭上也會常常浮現和這種自信相反的疑惑陰影。

每一天，我在呆看著媽媽手臂的圓潤美麗後，因為看到自己細瘦的手臂而感到相當沮喪。（……）在肩膀上甚至還出現稍嫌過瘦的手臂線條，老實說，我根本就沒有所謂的肩膀。（……）身體完全沒有柔軟度，側腹也一點都不流暢。

但是，露薏絲馬上就找回自信了。自己是那麼的健康，而且也比任何人都要來得年輕。年輕才是最值錢的！露薏絲又重複了一次之後才結束這封信。

明天，是的，就是明天晚上，我就要被介紹給社交界了！

第11章

〔憧憬的舞會〕

期待許久的舞會終於來了。

宮廷的大型舞會、聖日耳曼區的大貴族或是安汀路（Chaussée d'Antin）的大富豪的舞會，大概都在正月元旦到狂歡節❶（Carnival）這段期間舉行。

舞會開始的時間，以現在的常識看來相當地晚。早則晚上十點，晚的話甚至會到十一點多。

但是，在重要的《兩個新嫁娘》中，雖然記載了露薏絲・修律出席舞會時的感想，不過，與舞會相關的具體細部描寫卻非常少。因此，那個部分，只能將當時的各種證言拼湊起來，再透過我們的手來重新建構。

*

接受邀請的客人們從規定時間的三十分鐘前開始，就會搭著飾有家徽的庫普或貝爾利努這些有蓋馬車相繼抵達。因為在社交界有著「夜間外出要搭乘有蓋箱型馬車」這個不成文的規定，所以只要是搭著這種類型之外，像是卡拉施或蘭道的敞篷馬車或出租馬車而來，就會被僕人們瞧不起；而如果是走路前來的話，更是一定會被轟出門。以前，曾經因為鞋子沾上泥巴，被識破是步行前來，因而丟了大臉的《高老頭》中的拉斯蒂涅，現在因為成了高里奧的女兒、同時也是銀行家紐泌根男爵的妻子德爾菲努的愛人，所以得以和她一起搭著馬車，風光地趕往鮑賽昂夫人的舞會。

五百輛馬車的角燈照耀著鮑賽昂宅邸的四周，點著鮮紅燈火的大門兩側各有一位

註①——世界上不少國家都有狂歡節（Carnival）。這個節日起源於中世紀（Middle Age）。古希臘和古羅馬的木神節、酒神節都可以說是其前身。有些地區還把它稱之為謝肉節和懺悔節。該節日曾與復活節有密切關係。復活節前有一個為期四十天的大齋期，即四旬齋（lent）。齋期裡，人們禁止娛樂，禁食肉食，反省、懺悔以紀念復活節前三天遭難的耶穌，生活肅穆沉悶，於是在齋期開始的前三天裡，人們會特地舉行宴會、舞會、遊行，縱情歡樂，故有「狂歡節」之說。如今已沒有多少人堅守大齋期之類的清規戒律，但傳統的狂歡活動卻保留了下來，成為人們抒發對幸福和自由嚮往的重要節日。歐洲和南美洲地區的人們都慶祝狂歡節。但各地慶祝節日的日期並不相同，一般來說大部分國家都在二月中下旬舉行慶祝活動。各國的狂歡節都頗具特色，但基本上都是以毫無節制的縱欲飲酒著稱。其中最負盛名的要數巴西的狂歡節。

威風凜凜的騎兵在等待著。

——《高老頭》

馬車停在中庭後方的門廊下，穿著耀眼制服的隨從走過來放下馬車的踏台，被邀請的客人踏上寬廣的外接式階梯，在玄關大廳交出邀請函。

在《高老頭》中，因為謠傳著當天舞會的主辦人鮑賽昂夫人在不久前被愛人達裘達·品托先生拋棄，充滿好奇的社交人士們蜂擁而至，讓玄關大廳陷入一團混亂。

上流社會中的各界人士相繼抵達，因為大家都急著看一眼這位正處於失寵瞬間的高雅貴婦，當紐沁根夫人和拉斯蒂涅出現的時候，位在房舍一樓的客廳不知何時已塞滿了人。

——《高老頭》

從被稱為vestibül的玄關大廳看去，聖日耳曼區的貴族大宅邸不管哪裡都豪華得嚇人，但不知為何，在《高老頭》中並沒有關於這個玄關大廳的描寫。

於是，我試著找尋十九世紀的風俗觀察雜文，雖然時代比較沒那麼久遠，不過我卻發現了受邀到位於聖日耳曼區的大銀行家羅思柴爾德❷（Rothschild）自家舞會的記者的詳細描述。因為建築物本身和《高老頭》的時代沒有太大差異，所以在這裡我就節錄那段描寫讓大家參考。

進入玄關大廳之後，那裡真是大得驚人，感覺相當肅穆而莊嚴。天花板以愛奧尼亞式的柱子來支撐，地板則鑲著白色和黑色的大理石，到處都擺著雕像，不過，雕像的腳邊卻被杜鵑花叢所淹沒，另外還有外型為兩頭交纏的海豚的噴水池，從那裡流出的水為周邊醞釀出一股清爽和諧，另一方面，裝飾花卉的色彩和香氣也相互交

註②——羅思柴爾德家族（Rothschild Family），歐洲最著名的銀行世家，對歐洲經濟史並間接對歐洲政治歷史產生影響達二百年之久。家族的創始人為邁耶·阿姆謝爾·羅思柴爾德（Mayer Amschel Rothschild,1744 –1812），在法國大革命和拿破崙戰爭期間，他以戰爭貸款、匯兌、軍火起家，他一共有五個兒子，是當時歐洲影響力最大的家族之一。

◆站在通往二樓大廳的樓梯上俯視玄關大廳，樓下彷彿就像舞台一般。這是凡爾賽宮殿（Chateau de Versailles）的舞會。

織著，身著素雅制服的僕人完全就像籬笆一樣，動也不動地高高聳立著。

——*Septfontaines*《社交年鑑》

舞會的會場大致都被設計成兩層樓，受邀的客人登上建築家加布里埃爾❸（Ange-Jacques Gabriel）時代的典型巨大石造階梯。羅思柴爾德家的舞會會場由好幾個大廳相連而成，透過玻璃窗俯視玄關大廳，就好像從劇場的包廂座位看著舞台一樣，到場貴婦人們的絲綢禮服閃閃發亮，披掛在赤裸肩膀上的披肩（shawl）和寶石受到陽光照射後所反射出的耀眼光芒射入了眼中。

主辦人羅思柴爾德男爵夫婦在第二大廳中等著和受邀客人一一握手。羅思柴爾德男爵夫人穿著搭配著英國刺繡的美麗錦緞純白禮服，配上純金色的緞腰帶，脖子上掛著珍珠項鍊。她的女兒莫利斯．艾芙律斯夫人等在一旁，女兒也同樣穿著由錦緞的玫瑰色絹布搭配上鑲嵌著金色晶亮裝飾品的禮服，脖子掛著珍珠項鍊，頭髮上別著鑽石的蜜蜂髮飾，男人們則全都穿著黑色燕尾服。

雖然在會場的牆邊上排著椅子，但它們乃屬女性專用，男人們絕對不能坐，天花板上掛著豪華絢爛的枝型吊燈。

我想，透過上面這些內容應該幾乎可以理解聖日耳曼區大宅邸舞會的模樣，所以在此我再度追溯時光，回到《高老頭》中鮑賽昂家的舞會，將這支筆交給巴爾札克。果然，還是巴爾札克描寫的比較精彩。

巴黎數一數二的美女們，她們的衣裝和微笑多少也為客廳增添了一些活力。宮廷中特別尊貴的顯貴之士們、大使們、大臣們以及裝飾著十字勳章或略綬等五顏六色勳章的各界名士們都在子爵夫人的身邊喧鬧著。雖然這個宮殿對女主人而言就等於是無人之館，不過在這金色的天花板下，交響樂團卻奏起了樂曲的主旋律。鮑賽昂

註③——加布里埃爾（Ange -Jacques Gabriel），法國一建築師家族中最著名的建築師。路易十五在位時曾建造、擴建多處法國宮殿和離宮，楓丹白露宮、羅浮宮、路易十五廣場（後更名為協和廣場）均出自其手。一七四二年繼其父雅克，任法皇路易十五的總建築師及建築學院院長，凡爾賽宮內的劇場亦為其所建。

夫人站在第一間大廳前面跟自稱是她的朋友的客人們打招呼。穿著白色衣裝，在編得極為自然的頭髮上沒有任何髮飾的她看起來相當從容沉著，完全看不出任何痛苦、傲慢或強顏歡笑。

——《高老頭》

不過，很遺憾的，在《高老頭》中，鮑賽昂家舞會開始後的事情都被省略了。因此，關於舞會的具體進行，只能用其他的證言來取代，幸好，在七月王朝時期來到巴黎的美國人威利斯詳細描寫由路易·菲利浦國王所主辦的宮廷舞會的文章，被收錄在由紀優·德·貝提耶·德·索維尼（Guillaume de Bertier de Sauvigny）

所編的《美國旅人眼中的法國和法國人——一八一四—四八》❹，現在就讓我們根據他的證言來重現舞會的模樣。

*

舉辦宮廷舞會的杜樂麗宮殿的「元帥之房」，這個牆面上裝飾著現任元帥肖像的壯觀藝廊中，天花板甚至和杜樂麗宮殿的圓形屋頂一般高。在路易・菲利浦國王一行人入場、王妃就座之後，管絃樂團便開始演奏卡德利爾舞❺（quadrille）舞曲，所有的人都集中到客廳中央，皇太子奧爾良（Orléans）選了漂亮的英國女子作為舞伴。

◆優雅的華爾滋舞蹈，但因為和男性接觸較多，同時也是母親們最擔心的舞蹈。

剛開始的時候，跳的是只有指間部分相互碰觸的優雅卡德利爾舞，沒多久，轉變為動作激烈、接觸也多的戈蒂雍舞❻（cotillon）。第一次讓女兒參加舞會的雙親們雖然從這個時候就開始擔心女兒的狀況，不過，因為擁擠和喧嘩，並沒有辦法隨意監視。接著，華爾滋開始了，因為男舞伴和女舞伴身體接觸的部分相當多，做父母的也就更加擔心了。

當有什麼新舞步從國外傳入而開始流行時，最先接納的總是有很多中產階級參加的安汀路的舞會，新舞步要在大貴族的聖日耳曼區的舞會上得到認同則還需要幾年的時間。比方說，戈蒂雍舞雖然是在一八二〇年登場的，不過它受到上流階級認可時，已經是一八二七年，貝里公爵夫人❼（Duchesse de Berry）跳這種新舞蹈的時候。一八二五年左右，加洛普舞❽（galopp）雖然大受歡迎，不過卻也馬上受到挑剔的衛道主義者的批評；當然，如果拿它和從華沙流傳進來的波卡舞❾（polka）的激烈和大膽相比，根本就不算什麼。

*

在新舞蹈一一被介紹登場之後，因為要記住舞步對跳舞的人來說也相當辛苦，因此舞蹈老師便受到眾人極大的讚美。除了要負責帶舞的男性之外，女性也必須記住舞步。《兩個新嫁娘》中的露薏絲·修律當然完全沒有跳舞的經驗，因此只好拜託老師。

註④——*Guillaume de Bertier de Sauvigny, La France et les Français vus par les voyageurs américains: 1814–1848*。

註⑤——quadrille，卡德利爾舞，流行於十八世紀末和十九世紀的舞蹈，最早從巴黎上流社會開始流行。這種舞由四對男女排成方型表演，著重於舞者間的默契，舞步並不複雜，但每段舞蹈都必須跳出指定的花樣組合。現在常說的方塊舞是卡德利爾舞的一種變體。

註⑥——corillon，戈蒂雍舞，十八、十九世紀流行於法國社交圈的一種方舞，由四對舞蹈者站成方形，跳出各種幾何圖案。這種舞是卡德利爾舞的前身，舞步輕快，這種舞經常也是慈善舞會的指定舞種。

註⑦——貝里公爵夫人（Caroline Ferdinande Louise, duchesse de Berry, 1798 –1870），兩西西里國王法蘭西斯一世之女，法王查理十世之子貝里公爵的妻子。一八三〇年當查理十世被推翻後，她竭力為自己的兒子爭取王位，不幸失敗，後來改嫁義大利貴族，從此浪跡國外，客死異鄉。

註⑧——galopp，加洛普舞，一種起源於德國的輕快社交舞，十九世紀在英國及法國流行。加洛普舞跳時男子右手握住女方的腰，男女雙方左右手對握，兩人隨四分之二拍的音樂環繞舞廳滑併步前進。

註⑨——polka，波卡舞，一種起源於波希米亞民間的輕快活潑的求愛舞蹈。配合四分之二拍的音樂成對旋轉跳舞，大約於一八四三年傳入巴黎。

因為這是我第一次進入我一直很想瞭解的社交界，所以，應該要讓舞蹈老師每天早上都來，我必須在一個月之內記住舞步，否則參加舞會的事就會被取消以作為懲罰。

如果可以事先學得舞蹈的基礎，不管是什麼樣的新舞步，都可以接受男性們的邀約。因為，所謂的舞會，同時也是初次進入社交界的大小姐們第一次露面的場合，所以必須盡可能地認識許多男性的面孔和名字。

然而，即使如此，當穿著全新的禮服，踏出進入社交界的第一個舞步時，大小姐們的心情究竟如何呢，想必是覺得會場內所有的人都在盯著自己看吧。但是，事實上，幾乎沒有人會關心這些稚氣未脫的小女孩們。

完全沒有任何人對我的到來這件稀奇的、前所未聞的、罕見的、奇妙的、不可思議的事情感到驚訝，我一個人得意地在白色和金色的大廳中來回走著，讓我興奮到最高點的這件衣服在許多盛裝的貴婦人當中，一點都不引人注目。

露薏絲會這麼不起眼有一部分是媽媽造成的，因為修律公爵夫人太過美麗，露薏絲意識到自己只是媽媽的陪襯，走向自己的男人們，大家都以母親為目標。

媽媽將所有的聲望都集中在自己一個人身上，把我丟在一旁，親切地跟大家打招呼。（……）在舞會上沒有人理會年輕的女兒，我只不過是跳舞的道具而已。

就因為生長在法國最高貴的家庭當中，自信的露薏絲從自己完全沒有受到任何注意這件事中，體會到「幻滅」的感覺。

事實上，對像因受邀參加佛比薩城堡的舞會而由衷感激的包法利夫人這種未經世故的鄉下太太而言，在舞會中所踏出的第一個舞步將成為終身難忘的珍貴回憶。

舞伴牽起她的手指進入隊伍當中，一旦踏出舞步之後，在小提琴正等著劃下第一道音符時，艾瑪的心情不知不覺地激動了起來。但是，沒多久，這個興奮就消失了，她隨著管絃樂的旋律晃動身體，一邊微微擺動著她的頭，一邊快速地踏出舞步。有時，當其他的樂器都靜默無聲，獨奏的小提琴演奏出更優美的旋律時，她的微笑也自然浮現。（……）正當這麼想的時候，管絃樂團再度一齊演奏，小喇叭的聲音嘹亮地響著，雙腳再度開始踏著拍子，鼓起的裙子輕輕地相互摩擦，手和手交叉在一塊之後馬上又分開。剛才那雙低垂著，不敢往這裡看的眼睛，不知不覺地又向著這邊凝視著。

——《包法利夫人》

對艾瑪而言，那些當她舞伴的男人們看起來都是出色的花花公子。的確，如上流階級人類一般的面容、高雅的動作，雖然因為只稍微瞄了一眼，而不能清楚分辨，但想必是由超一流的男士服裝店所縫製的上等燕尾服和純白襯衫。艾瑪就像是要把一切都清楚刻進腦海中一般，偷偷觀察著對方。

他們的衣服剪裁比其他人都來得好，呢絨的質地也相當柔軟，連往鬢角方向呈漩渦狀梳理的頭髮看起來也都像是用了特別高級的髮油讓它閃閃發光。而且，他們的膚色還帶著富貴的光澤，那是由磁器的清淡色彩、緞子木紋的閃閃金光，以及豪華傢俱清漆般的光輝所烘托出的白，與眾不同的白。頭就在結得低低的領帶上爽朗地轉動著，長長的落腮鬍垂在反摺的領子上。他們用大大的繡著第一個英文字母的手帕擦拭嘴邊，從手帕中可以聞得到甜甜的味道。有點上了年紀的人看起來相當年輕，反倒是年輕人的臉上已經刻劃出老年的陰影。

——《包法利夫人》

事實上，艾瑪對年輕的花花公子們所留下的印象和《兩個新嫁娘》中的露薏絲並沒什麼兩樣。露薏絲寫下了如下的描述。

在媽媽的介紹之下，我和那些笨蛋男人們跳了舞，他們就淨是說著「天氣實在很熱呢」或者「真是一場美好的舞會啊」這一類的話。（……）那些男人們感覺上都相當疲倦，與其說長相沒什麼特徵，倒不如說所有的人都擁有一樣的特徵，那種同時具備肉體和精神力量，就像是我們祖先的肖像中所帶有的得意自豪的堅毅表情，已經再也看不到了。

即使如此，因為露薏絲覺得光是怨恨自己完全不受歡迎也不是辦法，所以她又開始無憂無慮地跳起舞來了。

我變得喜歡跳舞了。

因為露薏絲還是一個剛剛登場的稚氣未脫的小女孩，所以向她邀舞的人並不是那麼多，但是，她的母親修律公爵夫人的身邊卻有許多排隊等著和她共舞一曲的男人。這些男人們如何決定跳舞的順序呢？似乎就如下面所描述的一般。

對拉斯蒂涅而言，阿娜斯塔吉．雷斯多夫人是個會勾起慾望的女人，可以讓她兩度把名字寫在扇子上的舞伴名單上的人，便可以在跳卡德利爾舞的時候跟她說話。

——《高老頭》

就像這裡所描述的一樣，在巴爾札克的年代，雖然將名字寫在扇子上，不過，到了世紀末，便出現了為此而製作的「舞會筆記」。在朱利安．杜維葉⑩（Julian Duvivier）的名作《舞會請帖》（*Un Carnet De Bal*）中，成為未亡人的瑪莉．貝爾在初次進入社交界時發現了舞會筆記，裡面記載了幾個人為了造訪舞伴而出門旅行的事情。不管到了幾歲，當女人想起在第一次的舞會上共舞的對象時，似乎總會有特別的感慨。

*

註⑩——朱利安．杜維葉（Julian Duvivier, 1896–1967），法國導演，法國古典派電影五巨頭之一。舞台劇演員出身，後來成為電影導演，二戰期間流亡美國，一九六七年因車禍死亡。他的名作《舞會請帖》（*Un Carnet De Bal*）獲一九三七年第五屆威尼斯影展最佳外國影片獎，此片在大陸譯為《舞會的名冊》，較為貼近原文。

◆當時的國王路易・菲利浦的王子奧爾良徵求公主的最高級晚會。
許多女性都坐著，很自然地就可以知道男人的眼光會飄向哪裡。

當舞會暫時告一段落，buffet 這種可以站著享用的自助式餐點就在中場休息時被端了出來。飲料是名為杏仁果露⓫（orgeat）的杏仁糖漿，那是一種潘趣酒（punch），潘趣酒在舞會中是相當不可或缺的飲料。藍色的火焰在被倒入大型水晶碗中的金色液體上狂奔，那光影就在貴婦人們裸露的肩膀上搖曳著，男侍們拿著裝有這些雞尾酒、餅乾和蛋糕的盤子在眾人之間繞行。提供服務的時間大概都是固定的，十點的時候是果汁和蛋糕，一個小時之後是潘趣酒和霜淇淋，十二點時是火腿三明治、英式蛋糕及溫酒，一點的時候是紅茶，最後，兩點時再端出宵夜，是一頓相當豐盛的餐點。

羅思柴爾德家舞會的自助式餐點相當豪華，特別是電燈，因為它從裝飾著蘭花的大冰塊中照射出來，所以看起來就像是從妖精王國中跑出來的神奇寶石。

受邀的客人們把一邊取用這樣的自助式餐點，一邊簡短地聊天當作是舞會的一大樂趣。舞會中的對話對在一旁傾聽的人而言，充滿著完全不知道所言為何的暗示和特殊措辭。露薏絲拼命地豎起耳朵來聽，但卻完全聽不懂。

◆在舞會的長廊中，旋轉起舞的人們。事實上，對舞會的憧憬，才是最大的陷阱。

在我看來，大部分的婦女和男人們似乎都因為傾聽並談論著某種語言而樂不可支，社交界或許充滿著許多謎題，但要發現箇中答案卻似乎有點困難。

艾瑪也一樣偷聽了附近一對情侶的對話。聖彼得大教堂（Basilica di San Pirtro）、維蘇威火山（Vesuvius Mount）、斯塔比亞海堡（Castellamare di Stabia）、卡西諾（Cassino）、熱內亞（Genova）的玫瑰以及月下的圓形競技場（colosseum），這些完全沒有聽過的專有名詞反而勾起了她對上流階級的憧憬。而且，因為艾瑪目擊了社交界男女的祕密，所以覺得戀愛小說中所寫的都是真的。

在我旁邊的婦人把扇子弄掉了，一個男客經過，「不好意思，請幫我撿一下扇子，就在這把長椅的後面」那位婦人說。當紳士彎下身去，正要伸出手時，艾瑪看見那位年輕婦人的手將折成三角形的白色東西丟入紳士的帽子裡。紳士將扇子撿起來，恭敬地交給婦人，她輕輕地低著頭，開始聞起花束。

——《包法利夫人》

凌晨三點以後，最後的戈蒂雍舞或華爾滋大概也開始了。因為艾瑪不會跳華爾滋，所以沒有跳，不過被大家稱為子爵的華爾滋高手卻說，我來帶妳跳，他前來邀舞。

兩個人開始緩慢地跳著舞，沒多久速度就漸漸變快。隨著兩個人手腳的不停旋轉，電燈、傢俱、壁板和地板，所有周遭的東西都像繞著軸心旋轉的圓盤一樣在轉動著。經過門邊時，艾瑪的禮服裙擺和對方的長褲纏在一起，他們的腳也互相交錯。他的眼睛俯視著艾瑪，艾瑪的雙眼也抬頭望著他，雖然在那一瞬間，艾瑪因為突然感到頭暈而停下腳步，但就在繼續跳舞之後，子爵索性拉著艾瑪跳起快節奏的舞蹈，兩個人的身影消失在走廊的邊緣。艾瑪氣喘吁吁地幾乎要昏倒，她將頭在男人的胸前靠了一下，不久，子爵一邊緩慢地跳著和之前一樣的華爾滋，一邊將艾瑪帶回原來的座位。艾瑪仰身將背靠在牆壁上，用一隻手捂住眼睛。

——《包法利夫人》

舞會的這最後一支舞成了艾瑪一生當中最幸福的回憶，一到黃昏便想起這支華爾滋成了艾瑪每天的活動，然而，也就在這同時，艾瑪開始步上墮落之途。事實上，恐怕舞會的回憶才是最可怕的。

註⑪——Orgeat，杏仁果露，是一種把杏仁搗爛，加水過濾，讓香味附著的甜飲料。

第12章

歌劇院的包廂座

在巴黎的舞會上踏出第一個舞步的露薏絲．修律雖然暫且進入了社交界，不過在社交界的花花公子們眼中看來，她依舊只是個小姑娘。第一，並不是所有巴黎社交界的成員都會到那個舞會去，所以，雖說是被社交界認識了，範圍也相當狹窄。

因此，身為修律公爵家的千金，為了要讓「巴黎」認識，還是得到劇場去，特別是歌劇院（Opéra）和義大利劇院❶（Théâtre-Italien）。

勒內，我展開社交界生活已經兩個禮拜了，其中一個晚上到義大利劇院，一個晚上到歌劇院，剩下的時間則全都去了舞會。社交界是夢想的世界，義大利歌劇的音樂讓我陶醉。

對長期以來一直憧憬著義大利歌劇音樂的露薏絲而言，「聽音樂、看戲」這些觀賞劇作的原始目的當然很重要，不過比這更重要的是在那裡讓觀眾們「觀看」。也就是說，初次進入社交界的名門千金，為了要吸引眾人注意，就必須到這些劇場去。

這裡雖然突然用了在義大利劇院和歌劇院「被觀看」這樣的措辭，但如果不把頭伸進

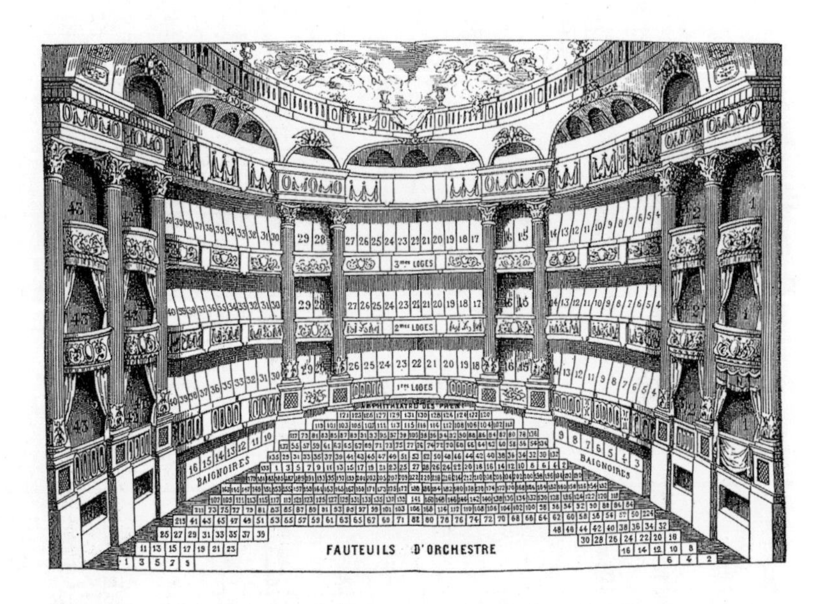

◆劇場座位中價格最高的是舞台兩側二樓的包廂，其次是正面二樓的包廂。包廂是為了「被看」而存在的座席。

歐洲劇場的建築中，或許無法理解這種現象。

在歐洲的劇場，除了一樓的座位席（舞台附近稱為交響樂團〔orchestra〕、後面則稱為花壇〔Parterre〕）和二、三樓的座位席（balcon）之外，舞台的兩側和舞台正面還有名為特別座（loge）的包廂座位，而這裡便是社交界重要的邂逅場所。也就是說，這個包廂座是一種備有三、四人份座位的獨立包廂，可以讓同伴一邊輕聲對話，一邊享受看戲的樂趣，包廂座位的價位因樓層與距離舞台的遠近而有所不同，最高級的是位在舞台兩側（l'avant scène）的二樓包廂座位，那同時也是附有窗簾的包廂座位。

從王朝復辟到七月王朝這段時間，身為國王的劇場的法國劇院的包廂座位乃隸屬國王專用的座位，相對於此，歌劇院和義大利劇院的第三區，依照慣例，每一年都由巴黎社交界的頭號人物做一整年的預約。在等級上僅次於這種包廂座位的是位在舞台正面的包廂座位，再來則是三樓舞台兩側的包廂座位。為了要在巴黎的社交界中受到重視，至少必須對這些等級的包廂座位作全年的預約。

但是（我想或許得動動腦筋才能理解），與其說這樣的包廂座位不見得是最適合觀賞舞台的地方，倒不如說它是最難看到舞台的位置，不過，因為這些座位都非常高，所以是最適合被觀眾「觀看」的地方。在義大利劇院和歌劇院，社交界的貴婦人和千金在為了增進教養而欣賞歌劇的同時，也擔負著被到那裡去的男士們「觀賞」這樣的雙重任務。

當我的靈魂飄蕩著純潔的愉悅時，我也被注目、讚美著。但是，我只稍微斜眼瞧了一下，卻連最大膽的青年也垂下了雙眼，在那裡聚集了許多具有魅力的青年。

就這樣，歌劇院和義大利劇院的高級包廂座位，與其說是用來看戲，倒不如說是用來和包廂座位的同伴交換眼神，看戲用的小望遠鏡並非朝向舞台，而是向著新人出沒的包廂座位。

在包廂座位中，因沉浸於全場視線而心醉神迷的人，並不只是剛進入社交界的千金。

當拉斯蒂涅和鮑賽昂夫人一起進入義大利劇院的正面包廂座位時，感覺就好像是出現在童話故事中的王國一樣。和子爵夫人並排而坐的拉斯蒂涅感覺自己成了所

註①——當時巴黎最著名的高級劇院有兩座，歌劇院（Opéra）、喜歌劇院（Opéra –Comique）即義大利劇院（Théâtre Italien）。兩座劇院皆位於義大利大道上，而義大利大道的名稱也正是因為義大利劇院在此而得名。

◆投向舞台上的視線，和包廂間為了確認戀人間彼此的存在所投射的熱切視線，是劇院中每天都在上演的戲碼。

有看戲用小望遠鏡的目標，子爵夫人的服裝是那麼華麗，他的腳步就像是被施了魔法一般。

——《高老頭》

第一次接觸巴黎社交界的野心青年拉斯蒂涅當然也感受到義大利劇院的包廂座位就像「童話世界中的王國」一般，因為，他自己的看戲用小望遠鏡也淨是朝著在包廂座位中的貴族夫人和千金。

鮑賽昂夫人對他說：「你看，紐沁根男爵夫人就在從這裡算起的第三個包廂座位，她的姐姐雷斯多伯爵夫人和脫拉伊先生則在對面的包廂座位。」

——《高老頭》

我稍微岔開一下話題，鮑賽昂子爵夫人的座位是正面包廂座位，紐沁根男爵夫人和雷斯多伯爵夫人的座位是從正面算起，向左右移動三個位子的包廂座位，而這樣的座位關係也巧妙地顯示了她們在社交界的勢力關係。也就是說，鮑賽昂子爵夫人在巴黎的社交界雖然不屬將舞台兩側的包廂座位作全年預約的超一流家世，卻也是坐在正面包廂座位的一流家世。

相對於此，紐沁根男爵夫人和雷斯多伯爵夫人因為是高老頭的女兒，就算嫁給貴族，畢竟還是只能坐在二流貴族所佔用的位在正面左右的包廂座位。

不過，剛剛步入社交界的拉斯蒂涅應該不明白這樣的權力關係。他自己也只是因為被人家看了而想回看一眼，於是將看戲用的小望遠鏡朝向美麗的紐泌根男爵夫人的包廂座位，目不轉睛地盯著夫人看。於是，鮑賽昂夫人馬上發出了如下的告誡。

拉斯蒂涅先生，如果你用這樣的眼神盯著那個人看，可是馬上就會傳出謠言的唷，如果你變得那麼引人注目，不管做什麼都不會成功。

——《高老頭》

雖然這麼說，一旦墜入愛河，男人就無法讓視線離開深愛女子所在的包廂座位，另一方面，對佔據包廂座位的女人而言，如雷射光一般將自己的瞳孔燒焦的這名男子的熱切視線，正是在社交界生存所需的心靈糧食，足以確定「自己受到愛慕」這種知覺的，就是這樣的包廂座位，就算是露薏絲·修律也不例外。

昨天，在義大利劇院，我感覺自己被注視著。我的眼睛就像被施了魔法一般，在一樓座位席的陰暗角落，我被兩個像紅寶石一樣閃亮的火焰般瞳孔深深吸引。埃納雷斯沒有將那視線從我身上移開，那個怪物找出唯一可以凝視我的地方，在那裡取得座位。我不知道那個人在政治上有多大的勢力，但在戀愛這件事情上，他的確是個天才。

熱切地注視著包廂中女性的眼神，然後，像向量般女性投回給男性的熱切眼光，在義大利劇院和歌劇院，在包廂座位和包廂座位之間，或者從包廂座位到一樓座位，這種相異於舞台上的歌劇的視線戲碼每天晚上都在重複上演。換句話說，一流劇場的包廂座位乃是社交界的戀愛中男女，以看戲為藉口，互相確認戀人視線存在的公然相會或相約的場所。

但是，因為過於明目張膽的眼神交換就會馬上變成鮑賽昂夫人所說的醜聞，所以，比方說，前一天晚上，或者當天中午之前，不管兩個人之間發生了什麼決定性事件，都不能顯露出足以讓別人知道這件事情的跡象。

隔天，在義大利劇院，那個人來到我的座位。但是，不管身為立憲政體國家西班牙的總理大臣的他怎麼問我，我的言行舉止完全都沒有洩露我心情上的動搖。昨天晚上，我既沒看他，也沒有理睬他，我以那樣的表情堅持到底。雖然我自己感到非常滿足，但那個人好像十分悲傷。

就這樣，雖然在包廂座位的視線對談具有不亞於實際對話的深層意義，但是，所謂的情人，就是越是像這樣相互確認彼此的存在，就越想在那樣的場合下實際對話。在那個時候，男人在換幕時離開自己的包廂座位，以「被某人介紹」這樣的形式到愛人的包廂座位打招呼。

現在，我才剛剛在歌劇院和那個人碰面。勒內，那感覺就像是另外一個人一樣，那個人在薩丁尼亞（Sardinia）大使的介紹下到我們的包廂座位來。這種下定決心的大膽行動絕對不會被誤解，光是在我的眼神中理解到這件事之後，那個人就像無法控制自己的身體般地過來了。然後，甚至以「小姐」來稱呼埃斯巴侯爵夫人。

在這段引文中所出現的埃斯巴侯爵夫人是露薏絲的母親修律公爵夫人的好朋友，在巴爾札克的《人間喜劇》中，常常以社交界之花的身分在許多作品中出現。

比方說，在《幻滅》中，以下這個讓剛剛從鄉下來和巴日東夫人一起私奔的呂西安・律邦浦雷在歌劇院的包廂座位中成為大家的笑柄的情況，就完全顯現出她社交界女子般的性格。

呂西安跟在巴日東夫人的後面，巴日東夫人一邊踏上歌劇院的寬敞階梯，一邊向她的表妹埃斯巴侯爵夫人介紹從剛剛就加入談話的呂西安・律邦浦雷。歌劇院的觀眾席被分割成舞台正面左右兩區，身為一等侍衛官的埃斯巴侯爵的包廂座位被安置在其中一邊，從這裡可以看盡全場，相對的，不管從什麼角度也都可以看到這裡。呂西安在埃斯巴侯爵夫人後面的椅子上坐了下來。他想，在這裡的話應該不會被看見，因此鬆了一口氣。

「律邦浦雷先生」，埃斯巴侯爵夫人十分親切地說：「你應該是第一次來歌劇院吧，想不想看看場內的模樣，快坐到這張椅子上，到前面來，我們坐在後面就可以了。」

——《幻滅》

因為呂西安什麼都還不懂，所以他並不知道埃斯巴侯爵夫人在取笑自己，然而，呂西安的愛人巴日東夫人卻馬上就注意到這一點。不過，因為她相當愛慕虛榮，所以非但沒有生埃斯巴侯爵夫人的氣，反而為了把鄉下人呂西安帶來這裡感到羞恥。沒多久就中場休息了，代表巴黎社交界的四個花花公子來跟新加入的呂西安和巴日東夫人見面打招呼，將這些花花公子和呂西安做過比較之後，巴日東夫人覺得相當難為情。

在這些花花公子當中，包括了露薏絲的母親修律公爵夫人的愛人卡納利斯和巴黎第一美男子安利．馬爾歇。他們毫不客氣地狠狠盯著呂西安和巴日東夫人直看。

雖然馬爾歇距離呂西安只有短短兩步的距離，但他卻特地用掌上型的帶柄眼鏡來注視他。他的視線從呂西安移到巴日東夫人，又從巴日東夫人移到呂西安，就這樣一邊在兩人之間來回，一邊像是有什麼壞心眼似的在這兩個人之間看著。不管是呂西安還是巴日東夫人都因此而深深受到傷害，簡直就像是在看什麼珍奇野獸般地在觀察著，並露出冷笑。那冷笑對這鄉下的偉人而言，就像被用短刀刺進心臟一樣。

——《幻滅》

這次，在鄉下被巴日東夫人冷酷對待的中年男子夏多雷男爵也一起對呂西安展開虐待，在那裡的四位花花公子完全就把這位夏多雷男爵當做同夥，看到這種狀況的巴日東夫人完全忘了之前對呂西安的熱烈愛戀，她突然對夏多雷男爵另眼看待。而且，到了最後，一看到呂西安就心生厭煩，她遵從埃斯巴侯爵夫人的意見，將愛人丟在包廂座位回家去了，但呂西安卻完全不知情，他一邊眺望著歌劇院場內，一邊燃起他的野心。

他在歌劇院的觀眾席上對著包廂座位看了又看，沉思著有關巴黎社交界的一切。

「這就是我的王國！我必須征服這個世界！」他在心中吶喊著！

——《幻滅》

就這樣，義大利劇院和歌劇院的包廂座位就像是巴黎社交界的明星們每天晚上爭風吃醋的戰場，不管戀愛結果的成敗，全都在這裡決一死戰。

第13章

化裝舞會

歌劇院通常用來上演歌劇或芭蕾，只有在狂歡節期間才開放給化裝舞會使用，而這也就是所謂的「歌劇院的化裝舞會」。

雖然歌劇院的化裝舞會被認為是蕭瓦利・德・拜雍（Chevalier de Brion）在得到年幼的路易十五（路易十四的曾孫）的攝政大臣奧爾良公爵（Philippe II, Duc d'Orléans）的許可後，於一七一六年開始舉辦的。不過，或許是為了反映奧爾良公爵的淫蕩性格，化裝舞會開始之後沒多久，秩序就變得相當混亂，呈

◆狂歡節期間歌劇院舉辦的千人化裝舞會，只要是巴黎佬，誰都可以來參加。

現出雜交派對的模樣。因此，以奧爾良公爵為師的貴族們也樂於作大膽的化裝打扮，不分男女，瘋狂地即時行樂，完全沒有見過面的男女（幾乎都是貴族）在狂歡節的歡樂期間，在不知對方是誰的情況下結下一夜之緣的化裝派對，就是十八世紀歌劇院化裝舞會的真實樣貌。

*

雖然這樣的歌劇院化裝舞會和大革命一起宣告落幕，不過因為一八一五年的王朝復辟，隨著「回復舊貌」的呼聲，又和其他的制度和習慣一起復活。但是，即使是不怎麼講究性道德的貴族，也無法拉下臉來再度舉辦和以往一樣的淫蕩化裝舞會，因此，演變成和王朝復辟時的歌劇院化裝舞會有點像又不是太像的平淡模樣。

也就是說，認為營造出淫蕩氣氛的原因在於「假扮」的主辦者，廢止了「假扮」，女性只能穿著帶有著頭巾的寬鬆外套，並戴上半遮住臉部的面具，男性則統一穿著素面款式的便服，另外，舞蹈也因為喧鬧的理由而被廢止了。因此，歌劇院的「化裝舞會」變成既沒有「化裝」也沒有「舞會」的單純「面具派對」。

當然，儘管如此，主角們依舊是只想著要談戀愛的法國貴族和中產階級的男人和夫人們，所以，就算是沒有「化裝」和「舞會」，只要還剩下「面具」，結果都會變得和十八世紀的化裝舞會沒什麼兩樣。因為，貴婦人們充分利用了「穿著類似聖職者附有頭巾的斗篷這種黑色『多米諾』❶（domino）服裝再戴上面具，就幾乎無法認出彼此」這個優勢，來評定不戴面具的男人們，跟他們打招呼，採用平常怎麼樣都無法進行的大膽戀愛戰略，並樂在其中。

另一方面，成為目標對象的男人們則必須倉皇失措地在歌劇院的大廳或包廂座位來回踱步，等待女人來跟他們打招呼，或者認出在面具底下的熟識女性。不管如何，相異於一般的舞會，「女性掌握邂逅的主導權」這一點或許是這種面具派對受歡迎的祕密。

如果有美男子經過，女人們都會大聲歡呼，輕聲交談。在巴爾札克的《煙花女榮辱記》❷（*Splendeurs et miséres des courtisanes*）的開頭，便將這樣的情景做了相當生動的描述。

在一八二四年的歌劇院的最後一場舞會上，幾位帶著面具的女子們突然因為一個在走廊及大廳來回踱步的貌美年輕人而喘不過氣來，年輕人看起來似乎是在尋找因為某件意想不到的事而被留在包廂座位的女子。（……）年輕的花花公子拼命地尋找這位心頭掛念的人，完全沒有注意到自己這麼受到女孩們的歡迎。

——巴爾札克，《煙花女榮辱記》

註①——，多米諾，一種化裝舞會時穿著的衣服，通常是指附有頭巾的寬鬆外衣，以此再加上半截面具。

註②——《煙花女榮辱記》（*Splendeurs et misères des courtisanes*），巴爾札克《人間喜劇》第五十九部作品。《人間喜劇》（*Comédie Humaine*），是巴爾札克的長篇巨著，一共有九十一部，包含了各式各樣的長、中、短篇小說和隨筆，總名為《人間喜劇》，代表作為《歐也妮·葛朗台》、《高老頭》、《紐沁根銀行》、《幻滅》、《煙花女榮辱記》等，堪稱是人類精神文明的奇蹟。巴爾札克在他一八四五年寫的《人間喜劇總目》中，將《人間喜劇》分為三大部分：「風俗研究」、「哲理研究」、「分析研究」。其中以「風俗研究」內容最為豐富，又可分成六大類：「私人生活場景」、「外省生活場景」、「巴黎生活場景」、「政治生活場景」、「軍隊生活場景」、「鄉村生活場景」。

這位貌美的花花公子就是在歌劇院的包廂座位中被大家當做笑柄的呂西安・律邦浦雷，為了對毀掉自己的社交界進行報復，他接受謎樣的西班牙神父卡爾羅斯・艾雷拉的援助，再度回到巴黎的歌劇院。

那位卡爾羅斯・艾雷拉（其實就是同性戀逃獄犯伏脫冷）似乎注意到「愛人」呂西安的行動，他穿戴上面具、穿上「多米諾」服裝，追了上去，不過因為「在巴黎，除了少數例外，男人們都覺得不戴面具、穿著『多米諾』服裝的男人們看起來很滑稽」，所以在巴爾札克的書中便寫著這個男人的打扮給人一種奇特的印象。

但是，因為只要付上十法郎（一萬日圓）的入場費，誰都可以參加這歌劇院的面具派對，所以高級妓女也混在貴婦人中進入派對，而呂西安所尋找的正是這些高級妓女的其中一位——艾絲苔，大家習慣叫她「麻木的艾」。雖艾絲苔在巴爾札克的《人間喜劇》中被描繪成最美的女人，不過，那位絕世美女和美男子愛人呂西安因為再次相會的喜悅而閃耀著美麗光輝的場面，也就是因為有了面具和「多米諾」服裝這些小道具才得以給人如此強烈的印象。

戴著面具的女人和呂西安完全就像兩人獨處般地待在那裡，就好像這充滿著一萬人灰塵的沉重空氣也完全不存在似的。（……）她沒有感覺到人們的相互推擠，火焰和充滿熱情的眼神從面具上的兩個洞噴出，和呂西安的瞳孔合而為一。她身體的顫抖似乎連帶牽動著愛人的動作，所愛女人的周圍所放射的、將這位女子從其他人中區別開來的火焰到底是從哪裡來的呢？足以改變重力法則的那種如空氣精靈般的輕巧又是從哪裡來的呢？是靈魂出竅嗎？還是在幸福中存在著如物理性力量的東西？處女般的純真和幼子般的可愛自然地從「多米諾」之下流洩出來。

然而，她這瞬間的幸福，就因為這句拆穿她面具下的真面目的無心奚落——「是艾絲苔吧？」而崩潰。

就像有人叫著她的名字一般，這個不幸的女人突然回了頭，而後，因為認出了壞心眼男人的長相，就像嚥下最後一口氣的重病患者一般，她無力地垂著頭，一起迸出的笑聲哄然大響。

——《煙花女榮辱記》

◆在私人家庭中舉辦的舞會，和歌劇院舉辦的化裝舞會，有著截然不同的氣氛。

這恐怕是《人間喜劇》中最殘酷的一瞬間，同時也是讓人對王朝復辟時期歌劇院面具派對的氣氛留下強烈印象的一個章節。

＊

從王朝復辟到七月王朝初期這段期間，當然也有不是「面具舞會」，而是如字面一般，足以被稱為「化裝舞會」的舞會，不過，這樣的舞會大多不是在歌劇院，而是在王族和大貴族的宅邸或大使館中舉行。

因為這種私人化裝舞會的主辦者經常都會提供一個如「裝扮主題」的概念，所以受邀的客人就必須依循那個主題或概念來穿著，不過，儘管如此，大家還是絞盡腦汁地要想出足以驚嚇他人的大膽裝扮。因為化裝舞會是一種考驗受邀客人的歷史知識、品味以及想像力豐富與否的測驗，所以，受到邀請的人也不能以太過隨便的態度來面對。

必須認清的一點是，要去參加化裝舞會，卻穿著便服就出門，不管是什麼樣的政府高官都會被趕出門。

而且，因為報紙的社交專欄一定會報導這種化裝舞會的狀況，所以，想出鋒頭的社交人士就必須自己把神經綳緊一點。

若將時代再向前推移，關於在一八四四年二月十九日所舉辦的梅林伯爵夫人的化裝舞會，在《新聞報》❸（*La Presse*）的「巴黎通信」（Lettres Parisiennes）專欄中有著如下的描寫。

> 梅林夫人身上穿著縫著寶石的美麗希臘風服裝，Gr侯爵夫人以正統波斯服裝優雅地裝扮出東方情調。薩孟羅伯爵夫人穿著路易十四時代的狩獵服裝，不過那氈製寬邊帽卻沒有遮掩住她那美麗頭髮上的豐富波浪。兩位年輕的英國女孩分別在表現「白天」和「黑夜」上費盡了功夫，「黎明」那位以純白色的長禮服搭配上金色的晶亮裝飾品來表現朝陽；另外一方面，「黑夜」那位則以黑色的縐紗來掩蔽無數顆銀色的星星，她靜靜地悲傷地走著。

註③——參見第四十五頁，註②。

——《新聞報》，「巴黎通信」

就像透過引文中最後一部分所想像到的一樣，在化裝舞會上，曾經出現「以服裝來表現『白天』和『黑夜』這樣的名詞或觀念」這種課題，而這也正顯示了「以吸收了中世基督教寓意劇潮流的風俗習慣，對無形的抽象事物賦予視覺的、人格的表相」的歐洲文化的一面。

不過，一旦被交付了課題，就不能用老掉牙的表現來矇混過關，而且，因為必須採用最新的文化流行，所以對受邀客人而言，要想出獨一無二的裝扮便成了一件相當困難的工程。

但是，其中也有人反而向困難的「觀念」挑戰。扮成「愛」的年輕人的裝束是這樣被描寫的。

衣服是深藍色的束腰長上衣（tunic），頭上戴著灑上髮粉的桂樹和薔薇花冠。以同樣的薔薇花環當作頭巾，並用兩顆薔薇絨球作為嘴邊的鬍子，再加上藉以作為苦悶印記的臉部扭曲。

——《新聞報》，「巴黎通信」

「巴黎通信」的作者羅內子爵（Charles de Launay）說，這種「藉以作為苦悶印記的臉部扭曲」在拉圖什❹（Latouche）的最新詩作中被解釋成「所謂愛的痛苦欲望」。這樣一來，裝扮便超越了單純享樂的領域，進而成為如何理解文學藝術、如何讓想像力運轉的問題了。

所以，如果光是將存在於現實中的東西以現實主義做更正確的重現，便會被視為庸俗透頂。比方說，針對打算以裝扮成印度酋長來表現「野蠻」的兩名男子，羅內子爵就寫得相當嚴厲。

註④——拉圖什（Henri de Latouche, 1785-1851），法國詩人與小說家，他的喜劇作品也相當著名，與德尚（Émile Deschamps, 1791-1871）合作的《塞爾穆・德・弗洛里昂》（*Se Unours de Flavian*）在巴黎時曾公演超過千場。

大家都讚美他們的服裝，說他們扮得非常像，我也想這麼相信，不過，實際上，這無疑是因為幾乎沒什麼有眼光的人。那些用來做成美麗衣裳的東西，只是把黃色麻布細細切碎之後貼在皮膚上，然後再插上灰色的羽毛製作而成，即使不這麼做，若只用舊雞毛撣子和亞麻布彩帶應該也可以模仿這種貴重印度布料的柔軟性。另外，裝飾品的部分，雖然垂吊著魚骨、狗骨頭、犀牛角、鷹爪、鷲嘴、老虎的牙齒、鯊魚的下巴和鱷魚的牙齒等等，但這些都稱不上美麗，比起這些珍品，鑲嵌上粗糙鑽石的效果不知會有多好。

——《新聞報》，「巴黎通信」

大家應該知道羅內子爵針對「裝扮」這件事所說的話是什麼意思吧，也就是說，把一件東西模仿得很像並稱不上是什麼技藝，即使是相同的裝扮，也必須是讓看到的人可以有發揮想像力的空間的裝扮，再者，裝扮的服裝本身如果不美的話，那就沒有意義了。

簡而言之，即使在「裝扮」上，也沿用了「最重要的是美麗而且出人意表」的時尚基本概念。關於這一點，如果看了刊載在參考插圖中的《時尚》的化裝舞會用服裝插畫，應該就可以一目瞭然。

《時尚》的總編輯艾密爾·吉拉丹不久便和名為黛爾菲努·吉❺（Delphine Gay）的女詩人結婚，並把所創刊的《新聞報》的「巴黎通信」專欄交給妻子負責，羅內子爵便是黛爾菲努·吉拉丹的筆名。

不過，因為有歌劇院舞會這個例子，所以雖然打著化裝舞會的名義，但因為可能會有人懷疑是否真的有舉行舞會，所以我先做個回答，當然，有舞會，而且受邀客人跳的還是激烈的波卡和卡德利爾舞。

◆在狂歡節的時候，小孩們也舉辦有別於大人的歌劇院舞會的化裝舞會。小孩子裝扮成大人的臉，令人覺得很不舒服。

深夜，突然響起了嘹亮的喇叭聲，喬裝成路易十三世時代獵人的人們在舞廳中開始跳起卡德利爾舞，這卡德利爾舞雖然備受大家的稱讚，但那評價是公正的。

——《新聞報》，「巴黎通信」

這天晚上的化裝舞會準備了相當精采的餘興節目，那就是歌劇院的女主角——卡洛達．葛莉絲❻（Carlotta Grisi）的現身。為了想看看在舞廳中央跳著芭蕾舞的她，大家將椅子排成圓形。卡洛達．葛莉絲比在歌劇院看到時更加美麗，她優雅地跳著塔朗泰拉❼（Tarantella），大家則獻上熱烈的掌聲。

舞會，以所有受邀客人一起跳著波卡舞曲作為開場，這天晚上的化裝舞會，不僅僅是受邀客人的回憶，也在巴黎夜晚的歷史中留下痕跡。

所謂化裝舞會，就某種意義來說，也算是一種頂級的藝術活動。

註⑤——黛爾菲努．吉（Delphine Gay, 1804–1855），法國作家，在十九世紀初的法國文壇裡是極具影響力的女性。巴爾札克、雨果、繆塞等人都經常出現在她的私室裡。

註⑥——卡洛達．葛莉絲（Carlotta Grisi, 1819-1899），義大利女芭蕾舞者，一八四一年於巴黎歌劇院首演的浪漫派芭蕾舞劇《吉賽爾》就是由她演出，這也是她所有演出過的舞碼中，跳得最好的一齣。

註⑦——Tarantella，塔朗泰拉，毒蜘蛛之舞，一種義大利民間的男女對舞，其特點為舞步輕快、舞伴間相互挑逗調情，女舞蹈者常手持鈴鼓。十四、十五世紀時義大利有一種叫做 Tarantella 的毒蜘蛛，被咬到的人有時過度興奮，有時哀傷哭泣。為針對不同的症狀找到相對應的音樂，因此塔朗泰拉舞曲有各種節奏。

第14章

慕薩德的歌劇院化裝舞會

一八三三年冬天，曾經當過醫生的歌劇院負責人維隆❶（Louis-Désiré Véron）博士為了這一年歌劇院化裝舞會門可羅雀而感到相當煩惱。雖說是化裝舞會，但因為裝扮的人只有女性，而且，所謂的裝扮也只是乏味的帶面具的「多米諾」服裝，男人們則不戴面具，也不跳舞，在這樣的條件下費用卻要十法郎（一萬圓日幣），客人當然不會上門。但是，他為了避免有損歌劇院的顏面，只有下定決心進行改革。

於是，維隆博士將狂歡節時期歌劇院舞會的權利以四年一萬兩千法郎的契約讓渡給一個叫米拉❷（Joseph Mira-Brunet）的男子，不過卻附帶了使用者需付費十法郎以及嚴禁跳舞這樣的條件。

米拉拼了命地想辦法要在這樣的限制下增加參加者。首先，他將管絃樂團的團員從四十個人增加到七十個人，以增加音樂的震撼力。另外，他挖來了在綜藝劇院❸（Théâtre des Variétés）相當受歡迎的管絃樂團指揮慕薩德❹（Philippe Musard），並讓芭蕾舞者在歌劇院的舞台上演出，舉辦類似「展現動物變身這種奇幻概念的畫家格蘭維爾❺（Granville）的諷刺畫」的化裝舞會。因為這樣的改革相當成功，在一八三三年只有兩萬兩千法郎的入場費收入，到了隔年增加到十五萬法郎。

註①——路易・維隆（Louis –Désiré Véron, 1798 – 1867），一八三一至一八三四年擔任巴黎歌劇院的負責人，雖然期間很短，但卻對巴黎歌劇院做了許多改革，尤其是在舞台表演的效果方面，他裝設了油燈及瓦斯燈，布幕及許多機關，讓劇院的表演更為戲劇化。

註②——米拉（Joseph Mira –Brunet, 1766 – 1851），巴黎出生，喜劇演員，演藝生涯大多在綜藝劇院演出。

註③——綜藝劇院（Théâtre des Variétés），位於蒙馬特大道上，建於一八〇七年，從拿破崙時代開幕以來，經常有皇帝到此看戲。綜藝劇院多半上演喜歌劇，劇院內側出口直通全景拱廊街，左拉的名作《娜娜》就曾以此為場景。

註④——慕薩德（Philippe Musard ,1792 –1854），法國指揮與作曲家，他創造了一種形式，讓樂團可以任意在室內或室外演奏，無論是劇場、舞會、公園、路旁，甚至淑女的私室裡都可以演奏，聽眾也可以隨意來去，這種形式稱為「漫步音樂會」（Promenade Concert）。慕薩德帶領的樂團主要演奏的音樂是舞曲，華爾滋、波卡、方塊舞等，這種音樂會的流行，也直接刺激了新舞步的誕生。

註⑤——格蘭維爾（Granville, 1803 –1847），十九世紀插圖畫家。十九世紀初諷刺漫畫的風氣很盛，格蘭威爾早年也為諷刺刊物畫漫畫，二十六歲時以版畫集《白日變形記》獲得讚賞，躋身大插圖畫家的行列。這是一冊針對巴黎風情的社會諷刺畫，動物穿上人的服裝扮演人的各種角色，主要在揶揄貴族階級的生活，刻畫入微。之後他還模仿巴爾札克《人間喜劇》創作了一組風俗畫《動物的私生活與公開生活》，此外，他的代表作還有《另一個世界》、《花樣女人》等。

然而，因為米拉並不是一個滿足於現狀的男子，當一八三五年歌劇院的負責人從維隆博士變成都彭謝爾（Charles-Edmond Duponchel）後，他鍥而不捨地跟對方交涉，終於成功推出自己所設定的條件。也就是說，入場費降低為五法郎，同時，舞蹈也全面解禁。一八三七年，在名為巴黎之牆的牆壁上，貼著這樣的海報：「二月七日的油脂星期二，在歌劇院舉行慕薩德大舞會。入場費五法郎。」

就這樣，只要是巴黎佬，不管是誰都可以參加的傳說中的「慕薩德的歌劇院化裝舞會」就此展開。

＊

事實上，在油脂星期二，也就是狂歡節最後一天的「馬蒂．格拉斯」❻（Mardi Gras）之日，歌劇院裡燃燒著相當駭人的狂熱和興奮。在椅子完全被撤除的舞池座位地上布滿了移動式的地板，在上頭，兩千人，說不定是三千人的群眾隨著激烈的舞蹈旋律搖動身體。

而且，因為所有的人都在身上做了五顏六色的裝扮，有些變化甚至讓人不敢相信自己的眼睛；不僅有人裝扮成過去歷史上的人物，也有人穿著充滿異國情調的外國服飾，甚至還有人打扮成動物布偶。不管是男人、女人、老人、年輕人、有錢人、窮人都盡可能地做出奇特裝扮，聚集在一起。美國的醫學院學生維多瑪對這場歌劇院化裝舞會做了如下的描寫。

> 現在，龐大的群眾們正用著粗野而駭人的動作跳著卡德利爾舞，有人縱身跳躍，有人像禽獸般地以四隻腳在地上爬行，用膝蓋走路。偶爾，還會故意碰撞、跌倒，十幾個男人女人任意躺在地板上，笑鬧、尖叫、滾動著。突然，音樂換了，加洛普

註⑥——Mardi Gras，馬蒂．格拉斯，法語，原意是「油脂星期二」（Fat Thursday），因為這一天是天主教徒進入長達四十天的禁食肉類和禁欲的苦修期「四旬齋」前的最後一天，這一天也是狂歡節的最後一天，要把家裡的油脂全部用掉的意思。這一天在英語系國家也稱懺悔星期二（Shrove Thursday）。這一天之後就進入大齋期的「聖灰星期三」（Ash Wednesday）。

舞開始了，舞蹈的速度逐漸加快，最後，大家盡是在會場裡旋轉著。在這個漩渦中，已經完全將旋律和調子拋在腦後，所有人一心只想著不要輸給其他人。在舞蹈上做了波卡、華爾滋、馬祖卡（mazurka）等各種變化。

——《美國旅人眼中的法國和法國人——一八一四—四八》

指揮這種激烈舞蹈樂曲的是綽號為拿破崙．慕薩德的指揮家菲利浦．慕薩德。

慕薩德於一七九二年生於杜爾（Tours），而後他到了巴黎，在音樂學校（Conservatoire）學習作曲和指揮，不過因為他所做的曲子完全沒有引起任何注意，所出版的音樂教育法書籍也賣得不好，所以，他以舞廳的指揮工作來餬口，就在那時，他被提拔成為綜藝劇院的指揮，從此抓住了成功的開端。慕薩德藉著在歌劇院化裝舞會上所展現的激烈指揮姿勢匯聚了相當的人氣，成為七月王朝時期最有名的人物之一。在慕薩德出現的同時，隨著巴黎空前的舞蹈熱潮，所有人都像等待今天的里昂的狂歡節一般，一心期待著狂歡節的歌劇院化裝舞會，並盡其所能地在裝扮上挖空心思，特別是女人們，更是醉心於裝扮上。

在裝扮的女人當中，做男性打扮的人相當多（絕對有三分之一），其中包括船員、蘇格蘭人、瑞士人、宮廷的侍童等等。改變樣貌之後，她們的性格似乎也有了變化，變裝後的女子們都做出了大膽而瘋狂的淫穢動作。

——《美國旅人眼中的法國和法國人——一八一四—四八》

再加上，這種慕薩德化裝舞會的規矩就是，不管看上的對象跳不跳舞，誰都可以加以擁抱，藉著假扮，因為不知道彼此的身分而喪失了平常的理性。

假扮成白熊的男子，彷彿徹底變成白熊一般，張大了嘴巴，在舞廳中不停地來回踱步，當發現足以激發他們的情慾的女人後，便像動物一般粗暴地緊抱著那些女人們。

——《美國旅人眼中的法國和法國人——一八一四—四八》

◆歌劇院的化裝舞會取下舞台正面隔成方形的池座，創造出可以讓幾千人一起跳舞的空間。這是在慕薩德之後發展出來的。

◆慕薩德當上指揮之後的歌劇院化裝舞會，因為入場費只要五法郎，所以湧進了許多學生和縫紉女工，感覺相當混亂。

就這樣，到處都出現了當場湊合而成的假扮情侶，這邊有以大腿為枕，談情說愛的情侶，那邊有相擁接吻的戀人，女人們裸露的脖子幾乎就像是公有財產一般，男人可以任意地加以親吻。

那麼，參加慕薩德化裝舞會的人究竟是哪些人呢？男的多半像《高老頭》中的拉斯蒂涅一樣，是就讀於巴黎大學法學院或醫學院的大學生，平常的時候因為膽怯而無法跟女孩子搭訕的他們，就像為了要彌補他們的內向一般，躲在假扮之下做出大膽的舉止。

但是，不管男孩子們多麼想利用這樣的機會，如果女孩子們沒有做好裝扮才來，那舞會就無法成立，不過，儘管如此，因為女孩子們的體內也流著天生熱情的拉丁民族的血液，她們也抱著同樣的企圖聚集到會場來。

然而，那裡的女孩子的素質和在貴族以及中產階級們的宅邸所舉辦的舞會相差了十萬八千里。留下了我所引用的那些證言的美國醫學生維多瑪雖然在這個舞會上認識了四個女孩子，但這些女孩子全都屬於不同的階級。

第一個女孩子是一個因為穿著灰色粗布衣裳而被取名為葛莉謝特的縫紉女工。她雖然感嘆著手鐲被剛剛的舞伴搶走了，不過在維多瑪請求她之後，卻毫不在意地就說出了自己的住址。

第二位是個打扮相當怪異的金髮女子，維多瑪一跟她攀談之後，她用流暢的英語回答，「我非常了解你的國家喔」，讓維多瑪相當手足無措。

第三個女孩子雖然很輕易地就講出了住址，卻又說「今天晚上一定要回家」，而死皮賴臉地要了出租馬車的錢。但是，在兩小時之後，維多瑪卻親眼看到她還在會場上跳舞，她應該是個高手吧。

第四個人，雖然很明顯地表現出一副上流階級的模樣，但不管維多瑪怎麼問，她都只是回答「我是天使啊，所以住在天國。」

就像這樣，慕薩德的化裝舞會從上到下盡是只想藉由裝扮忘情享樂的女孩子。如果在現今的日本，雖然從迪斯可舞廳的景況很容易就可以想像得到，但在法國，因為在一百五十年前開始就是這副模樣，所以，也只能說那裡果然還是比較「先進」。

第15章

沒有嫁妝的結婚方法

雖然這本書的目的是想邀請現代讀者參加十九世紀的舞會，但因我不知不覺地就陶醉在細部解說中，忘了講述女主角露薏絲·修律的故事，她的社交生活暫時被忽略了，也因為如此，我零星聽到了想知道露薏絲·修律之後的狀況、婚姻是否幸福美滿以及想看到她最後的命運的讀者所發出的聲音。

於是，最後的兩章，我們就一邊談談露薏絲·修律結婚的經過，一邊將它當作一個個案研究來近觀十九世紀法國貴族的婚姻吧。

*

雖然我已經講到在舞會中踏出第一個舞步、首次進入巴黎社交界的露薏絲·修律在歌劇院和義大利劇院的包廂座位被一位男子以熱烈的眼神注視著，不過，我卻還沒有談到這個男子的出身。雖然要描繪舞會或社交生活，最好是不要特別指定戀人，但是，如果要以露薏絲的結婚為話題，就必須清楚指出對方是誰。

在香榭儷舍和歌劇院對露薏絲·修律投出熱烈眼神的這位名為埃納雷斯的男子，事實上是在西班牙王國擔任總理大臣的大貴族索利亞公爵。索利亞公爵雖然在西班牙的民主化革命時擔任立憲政體的總理大臣，但後來因為惹惱了國王費迪南，不但被剝奪了公職和爵位，連財產也被全部沒收，無奈之餘只好流亡到法國去。幸好，因為他從薩丁尼亞的瑪居梅手上得到了男爵的封地，所以生活不虞匱乏，不過，在巴黎，為了隱藏身分，他以菲立普·埃納雷斯先生為名，以一次三法郎的學費從事西班牙語家庭教師的工作，和露薏絲·修律的相識也是因為到她家教授西班牙語而開始的。因為這個時候露薏絲在社交界中遇到的貴族看起來都像笨蛋一樣，所以她在上課的同時，便深深受到這位混雜著祖先阿拉伯人阿本塞拉赫家族❶（Les Abencérages）血液的醜男隱藏著的神祕熱情眼神的吸引。

爸爸說在埃納雷斯體內大概存在著貴公子的因子，所以我們私下都半開玩笑地喊他唐·埃納雷斯❷。在兩、三天前，當我終於下定決心要這麼叫他時，因為這個人抬起他向來低垂的眼神看了我一眼，讓我慌張失措了起來。勒內，這個人的眼睛的確是世界上最美的一雙眼睛。

露薏絲在上課的時候仔細地觀察了埃納雷斯。剛開始，她以為他是四十歲左右的中年男子，但那是因為他本身所具有的大臣威嚴才讓人有這種感覺，實際上他才只是個二十六歲，最多二十八歲的年輕人。對他感到興趣的露薏絲先開口對他說：為什麼你要當西班牙語的家庭教師呢，如果是因為政治上的理由，說不定我的父親可以用他的影響力幫忙。但是因為埃納雷斯並沒有改變他驕傲自大的態度，所以她變得想用話語來加以挑釁。

因為埃納雷斯又露出他那令人恐懼的眼神，我只好垂下了自己的雙眼，勒內，這個人是一個相當難解的謎。他似乎是在詢問：我所說的話是否在表達愛情。在那眼神之中，充滿著幸福、驕傲以及因為不確定而產生的苦惱，而它也緊緊地揪住了我的心。

對沉浸在修道院時的浪漫夢想的露薏絲而言，光是埃納雷斯的黑色瞳孔，就十分足以實現她的夢想。聽社交界的人說，埃納雷斯是流亡中的索利亞公爵，她愛慕的心情也因此而更加地高漲，她賣弄完全不像剛離開修道院的少女的妖媚風情，開始展現出讓埃納雷斯心情蕩漾的動作舉止。

剛開始並不把貴族少女的任性擺在眼裡的埃納雷斯在被露薏絲．修律可愛的眼神所凝望之後，熱情的西班牙人血液也突然沸騰了起來。雖然他基於自制心想辭掉家庭教師的工作，但是卻忍不住要將充滿熱情的眼神從歌劇院舞台正面的池座投向在包廂座位的露薏絲。

註①——阿本塞拉赫家族（Les Abencérages）是西班牙摩爾人王國的一個家族。摩爾人主要由衣索比亞人、西非黑人、阿拉伯人和柏柏爾人組成。因為他們信仰伊斯蘭教，並說阿拉伯語，所以多半被視為阿拉伯人，但事實上歷史學家認為，摩爾人應該只是一個階級和文化的統稱。關於阿本塞拉赫家族的資料現在知道的不多，但最著名的是一個淒美的愛情故事：阿本塞拉赫家族的男子愛上了皇家的公主，在攀爬公主的窗戶示愛時被皇帝逮捕，狂怒的皇帝因此誅殺了阿本塞拉赫全家。這個故事流傳在許多詩歌及戲劇中，長駐法國的義大利作曲家凱魯畢尼（Luigi Cherubini, 1760 –1842），就曾為此寫了一齣歌劇。

註②——Don，是西班牙對貴族的尊稱，如家喻戶曉的西班牙傳說角色唐．吉訶德（Don Quixote）、唐．璜（Don Juan），名字前都加了唐（Don）的尊稱。

◆義大利劇院內部。追求愛情的男人們充滿熱情的眼神讓包廂座位的大小姐和貴婦人們感到焦急。劇場就是眼神的戰場。

另一方面，露薏絲雖然是個少女，但卻也是個法國名門女子，是個天生的戀愛專家。在政治上身經百戰的埃納雷斯在情場上完全是個生手，被逼迫到「瞬間掉進愛河中的男子」這個脆弱的立場，他不得已只好寫出全面投降的情書。

妳應該是把我當成僕人一般地接受了吧，我真的非常想服侍妳。（……）求求妳，請於某天夜晚，在義大利劇院，手持由白色山茶花和紅色山茶花所組合而成的花束來表明妳的心意，那花束正象徵著跪在所仰慕的純潔白色少女前的男子全身的血液。

認為戀愛一定要相當戲劇性的露薏絲非常喜歡這種帶有戲劇味道的回信方法，但是，在不知不覺當中，她卻也成了一個知道戀愛也是一種交易的戀愛老手。

我穿著白色禮服，在髮上插著白色的山茶花，手上拿著一朵白色山茶花，媽媽則拿著紅色的山茶花，我打算如果想要的話，就從媽媽手上拿起一朵。不知為何我經常有這樣的念頭；我打算在稍微猶豫之後，把紅色的山茶花硬塞給那個人，這應該要等到最後關頭才做決定。

哎呀，已經變成這副局面了，露薏絲已經成了不比媽媽這位相當熟稔戀愛遊戲的玩家遜色的堂堂社交界貴婦。

看到我手拿著白色山茶花時，那個人垂著頭，看著看著，就在那個人變得像花一樣白的時候，我從媽媽的手上拿起一朵紅色的山茶花，如果我從一開始就拿著一朵花來，說不定會被視為一個偶然，但是，這樣的動作等於是很明顯地做了回答，我終於做了告白。

在一旁的戀愛專家——媽媽一定也看到女兒在包廂座位上用這樣的方式在談戀愛，或者應該說，媽媽已經知道了一切，而後，也予以默認。是因為覺得女兒想談戀愛的心情惹人疼愛嗎？絕非如此，就像之前再三提到的，因為在巴黎的社交界，女兒最終只是件出售的商品，所以絕對不允許那件商品談戀愛的，那麼，媽媽究竟為什麼可以容忍女兒這樣隨心所欲呢？不為什麼，只因為收購女兒的最佳買方已經到來。

*

關於「在巴爾札克時代，女性結婚常常成為文學的主題」這件事，就像第五章中所描述的一般，因為所謂的嫁妝具有在今天完全無法想像的重要性，所以結婚也可說就是為了所謂的「嫁妝」。也因此，嫁妝的多寡完全關係著婚後妻子的立場，嫁妝越多，妻子對丈夫便越能保有有利的姿態，也更能展開自我的獨立生活，當然，其中也包括結婚之後的「戀愛自由」。

因此，做父母的雖然希望儘可能給女兒多一點的嫁妝，但是，在另一方面，當然也希望即使嫁妝很少，也可以結得了婚。在因為革命和流亡而失去財產的貴族家庭中，這種傾向更是強烈，而且，在拿破崙法典制定之後的社會，還多了一個別的問題。

那問題就是，相異於主張由長子來繼承世襲財產的舊體制（Ancien régime），拿破崙

◆當時，即使是在巴黎，因為狂歡節相當盛行，隨著新年的到來，社交界的話題盡是「裝扮」。這是波斯神話中的妖精扮相。

◆以白色緞子搭配上紅色線條和彩帶來優雅表現出模仿碼頭工人的狂歡節基本裝扮。肩膀和雙腳顯得相當性感。

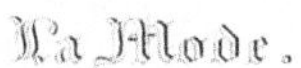

◆雖然同樣是碼頭工人風格的裝扮，但這裡以蘇格蘭的格子花紋來統一，將黑色彩帶使用在束結上是其中的重點。

◆雖然這一年在裝扮上的流行色是紅色和黑色，但也並不表示就與《紅與黑》這本小說有關。但是，這個扮相的確相當適合馬吉爾德。

◆「裝扮」具有「衣服應該一件件地被當作語言來解讀」這樣的意義。這件衣服乃模仿當時戲劇中的中世風格的女主角所製作而成。

◆採用俄羅斯風縐褶的維也納時裝的介紹。緞子（satijn）內裡的紅和黑貂的搭配相當具有北國風味。

◆同樣採用俄羅斯風皺褶的男性用外套。因為巴爾札克也將「優雅生活論」投稿給《時尚》，所以男性讀者相當多。

◆晚會用禮服的特徵就是低胸露肩（décolleté），以及在頭髮上別上花飾和彩帶等。扇子被用來取代舞會的筆記本。

◆舞會的勝負關鍵之一就是如何對男人們賣弄頭部到肩膀的流暢線條。關於這一點，這件禮服擁有滿分的效果。

◆晚餐時穿的服裝。從稜紋布木棉裙搭配上無低胸設計的上衣這種風格看來，應該是年輕女孩的衣服。花朵相當可愛。

◆在歌劇院等地方的包廂座位所穿著的看戲用穩重時裝。絹蕾絲的邊飾相當適合普羅旺斯地方風格的勒內。

◆夏天結束之後，巴黎便會一起發表針對晚會和晚宴的男女外出服。這些是絲毫不顯奇特的基本時裝。

◆秋天是年輕女孩初次參加舞會的季節。整潔秀麗且又吸引男性眼神的時裝經常是媽媽所訂購的。

◆因為在晚宴上不需要移動，所以大家都在頭上費盡工夫，特別是花朵總是被拿來當作表現女性性格的重要符號。

◆雖然，在秋天，晚餐、看戲、晚會、舞會和儀式接踵而來，但是音樂會也是重要的社交活動之一。裝飾在頭髮上的應該是薊吧。

◆十九世紀的男性服飾因為受到英國的影響，潛藏著如莫札特時代般的華美樣貌，這樣的燕尾服便是主流。

法典規定：除了長子以外，嫡子（包括女孩子）也擁有同等的繼承權。這個規定，乍看之下雖然是對女孩子有利的繼承法，但相反的，在部分家庭，特別是希望預防世襲財產遭到切割的貴族家庭，卻等於是剝奪了女孩子結婚的機會。為什麼會變成這樣呢？就讓我們先來談談這種制度。

這個時代貴族的財產，由土地（農地）、土地所產生的農業收入（包含土地租金），以及將銀行存款、國債等動產設定為資本的養老金所組成。但是，如果雙親希望女兒嫁給擁有崇高地位和龐大財產的貴族的兒子，在簽訂結婚證書的同時，就必須拿出大量的財產來當作嫁妝，不過，當資產用這種方法做了分割之後，便封閉了「將龐大的世襲財產做為資本以增加資產，並將這筆財產贈與男孩子，特別是長子」的道路。

至於，要怎麼做才能防止這種情形的發生呢？這方法只有兩個。

其中之一是尋求願意答應「沒有嫁妝」這個條件，並將自己的財產分給妻子的女婿。當然，在身分崇高又有財產的家庭當中並沒有這樣的女婿，所以，那選擇必然是身分低下但有點財產的布爾喬亞，或者同時擁有身分和財產，但卻長得一點魅力都沒有的男子或老人，和露薏絲・修律通信的勒內・莫康芙便是選擇了後者。

老男爵見過兒子的面之後，一心只想著「讓他結婚」、「讓他和貴族的女兒結婚」。

隔壁的老男爵在沒有嫁妝的狀況下接受了勒內．莫康芙，當他提出「『在繼承遺產的時候，該分配給勒內的金額會根據契約書來重新擬定』這個想法時，爸爸和媽媽為了我，應允了這個提案」。我的弟弟強．莫康芙知道，只要他一成年，就可以從雙親那裡預先收到相當於遺產的三分之一的財產。普羅旺斯地方的貴族們就用這個方法在波拿巴❸（Bonaparte）皇帝令人憎恨的民法裡鑽漏洞。如果根據這部民法，貴族的女兒們就必須有和出嫁者一樣多的人數進入修道院。

在勒內．莫康芙這封信的最後，還寫著另外一個選擇，也就是讓女兒放棄結婚，放棄分家產的權利，並將她們送進修道院。這雖然是個相當殘酷的方法，但事實上，許多貴族家庭卻都採取了這個方法，而露薏絲．修律之所以會進入修道院也就是這個原因。

修律公爵一家屬於法國地位最高的貴族，一定也擁有不少的財產，但是，要馬上拿出給女兒的嫁妝卻有一些困難，因為有關流亡貴族的財產補償法法令尚未制定出來，而且，要讓露薏絲從祖母那裡得到的財產生出利息也需要一點時間。關於這一點，我們就讓露薏絲的父親來說吧。

妳的祖母留給妳五十萬法郎（約五億日圓），祖母拼了命就只存下了這些錢，她希望自己的家人不要失掉任何一小塊土地，那個金額都計在總帳裡頭。利息在不斷的累積之下，到今天也有將近四萬法郎（四千萬日圓），那筆錢原本是打算繼續存起來當作妳哥哥的財產，但這個計畫因妳的歸來而完全宣告失敗，所以在這個狀況下，也需要妳的幫忙。

露薏絲不知道雙親有那樣的計畫，她告訴雙親她因為好朋友勒內．莫康芙離開修道院

註③——波拿巴（Bonaparte）是拿破崙的姓，在這裡指的就是拿破崙，他制定了一部拿破崙法典，在這部法典裡面把「人」、「財產及所有權的各種形態」及「所有權取得的各種方式」都做了新的規定，這部法典現在仍然是法國民法的法源之一。

而寂寞得不得了，如果再繼續待在修道院中恐怕會病死，所以終於得以回到巴黎，不過，這樣一來，她的父母所打的如意算盤也就成了幻影。於是，她的父母只好改變策略，採取另一個方法。

妳這樣任意地改變自己的方向實在讓人感到有點困擾，不過，如果妳可以在社交界成功，那筆帳也就可以一筆勾消了。

所謂「在社交界成功」所代表的具體意義就是在社交界展現魅力，吸引願意在沒有嫁妝的前提下和妳結婚的對象。因為新娘的長相和嫁妝成反比，意即「長相×嫁妝＝1」，所以，如果女兒在經過磨鍊之後，成為社交界的明星，進而緊緊地抓住男人的心，便可以減少嫁妝的金額。母親修律公爵夫人賣力地訓練女兒，參加舞會或歌劇院時也一定要帶著她，全都是基於這個反比例公式的計算。

因為露薏絲．修律是一個腦筋動得非常快的女孩，所以馬上就接受了父母的提議。但適合的老貴族院議員等並沒有這麼多，沒多久，露薏絲便和埃納雷斯墜入愛河，不過，露薏絲是在義大利劇院和某位外交官針對埃納雷斯做了以下的交談之後，才決定踏出如上述般的決定性的一步。

「雖然有一點麻煩，不過薩丁尼亞國王已經發護照給瑪居梅男爵了。」年輕的外交官繼續說著。

「簡單說，也就是那個人已經變成薩丁尼亞的子民了，而且也可以擁有上級和下級審判權都受薩丁尼亞承認的領地。如果費迪南七世去世了，瑪居梅男爵或許會投身外交圈，杜林（Torino）的宮廷可望任命他為大臣，那個人雖然年輕，可是……」

「哎呀，可真是年輕啊，那個人！」

「沒錯，大小姐，雖然年輕，但他可是西班牙一流的人物呢！」

雖然很偶然，但露薏絲．修律果真找到了父母夢想中的對象。在一旁聽到這段對話的母親修律公爵夫人跟女兒低語。

「嗯，妳可真是個了不起的孩子啊！」

事實上，露薏絲原本就是個不可小看的孩子，她近乎奇蹟般地順應著父母的期望完成了自己的戀情。

所以，當家庭教師埃納雷斯因為成了瑪居梅男爵而表現出恢復自信的模樣之後，她馬上很反抗地，徹底讓他停留在忠實的僕人、奴隸這個身分。因為，如果埃納雷斯以對等的立場來愛露薏絲，「沒有嫁妝的結婚」這個父母的計畫落了個空，她自己的戀情當然也會夭折。於是，露薏絲便自己散播了「某位大使要不收嫁妝地娶她為妻」這個謠言，使出藉此測試埃納雷斯心意的高級戰術。露薏絲悄悄來到陽台對埃納雷斯說：

「如果一定要結婚的話，雖然我百般不願意，還是嫁給你吧……」（……）

「阿拉伯人一言九鼎。」那個人用著被勒緊般地聲音說著。

「我是妳的僕人，為妳所有。我這一生都將為妳而活。」

抓著陽台的手眼看著就失去了力量，我將自己的手放在那上頭，說著：

「菲立普先生，我憑著自己一個人的意志，從此就要成為你的妻子。明天早上，見到爸爸之後，請告訴他你想娶我，雖然爸爸不願放棄我的財產，但是，在結婚證書中，只要你同意不領取那份財產並承認那歸我所有，我想他一定會答應的。我已經不是修律家的千金了。快點下車吧！因為我不能表現出『自己就是露薏絲・瑪居梅』這種輕率的舉動。」

隔天，依約前來的埃納雷斯和修律公爵之間舉行了結婚契約的事前交涉，所有的一切就依照露薏絲所計畫地在進行。修律公爵夫妻對女兒當然是相當滿意。

結婚典禮那天，露薏絲依照拿破崙法典的規定，在巴黎市公所事先準備好的結婚證書上簽字之後，出席了盛大的喜宴，並在那天晚上，於聖瓦萊教會舉行結婚儀式。

但是，這個故事並非到此就順利結束。故事還有第二幕在等著。

第16章

戀愛和結婚

舉行完結婚典禮的露薏絲在丈夫瑪居梅所購買的位在盧瓦爾河（Val de Loire）畔的繁花城堡（Champs de Fleurs）內過著新婚生活，感覺相當完美而幸福。她將自己的感想如下述一般地寫下來告訴勒內．萊斯托拉德（舊姓莫康芙）。

某天早晨，當比平常還要強烈地感受到幸福的時候，我突然清醒了過來，想著教人思念的勒內以及舊式婚姻。（……）妳那純粹又具社會性的婚姻和我那經歷過幸福戀愛的婚姻就像有限無法理解無限一般，無法相互理解。妳留在地上，而我卻身處天國！（……）在品味自己的婚姻究竟為何物的同時，彷彿也瞭解到如果事情不是這樣的話，應該無法繼續活下去。儘管如此，妳應該還活著吧，妳的心情如何呢？我真想問問看。

真厲害，如果是日本人，不管是多麼親密的朋友，應該都寫不出這麼露骨的話。當然，如果試著將心剖成兩半，這種可以感受到丈夫深愛著自己的幸福新婚妻子的心理，說不定就是這樣極端自私。不管如何，關於自己究竟是幸福還是不幸，或者，究竟是幸福得不得了還是不幸到了極點，露薏絲似乎必須馬上做出回答，而這都是因為這種若一定要取個名字，姑且可稱之為「幸福確認症候群」的強迫觀念的影響。

回到巴黎的露薏絲，住在丈夫所購買的位在巴克大街（la rue du Bac）上的壯麗住宅，過著如畫一般的幸福生活。

我隨意地生活著，但那卻是幸福人類的富足生活。每一天對我來說都太短了，雖然我嫁為人婦之後還出入社交界，但是大家都說瑪居梅男爵夫人比露薏絲・修律還要漂亮，想必是幸福的戀愛為我增添光采吧。在美麗的霜降一月的某個晴朗的日子，菲立普和我在箱型馬車中並肩而坐，經過裝飾著星形白穗子的香榭儷舍林蔭大道。在去年才開始前來居住的巴黎城中緩步前行，各種念頭油然而生，就像妳在之前的信中所感受到的，越是習慣於上天所賜予的恩惠，就會變得越害怕。

總而言之，露薏絲就算過著婚姻生活，也是完全踏在前往「愛」的街道上，而且還非得要完美保持在「幸福」這種速度上不可。對她而言，絕對不能出現夫婦生活的單調和無聊，不管是自己還是丈夫都必須經常置身於興奮的「戀愛狀態」。但是，因為婚姻生活中當然不可能持續著這種不尋常的戀愛，所以為了創造出這種人工的「非日常性」，就必須要做點什麼，於是她想到要利用社交界的人。

社交界，那是怎麼樣的一個深淵啊。（……）如果沒有守護著我的菲立普的愛，我又會迷失在哪裡呢？今天早上，我一邊想著這件事，一邊對菲立普說，你是我的救星。雖然相繼而來的每一天淨是祭典、舞會、音樂會和戲劇，但在回家途中，我卻可以品味到戀愛的喜悅以及幾乎要讓人發狂的興奮，因此，我在愉快而明朗的社交界所受到的傷害也可以痊癒了。

以現代來說，可能有點像結婚幾年卻一直沒有孩子的年輕妻子到健身中心或出去打工的感覺一樣。因為和丈夫在一起的時間越長，戀愛的感覺就越少，所以希望可以在生活中再創造出一個去處，以維持夫妻相處時間的高純度。

事實上，當時的社交界可是比上班工作還要忙碌，露薏絲也和她的母親修律公爵夫人一樣，一連幾天，從下午四點開始到深夜兩點為止，都匆忙地來回奔波在晚會、舞會、歌劇院和義大利劇院之間，一個禮拜召開一次像是要與埃斯巴夫人和摩弗里紐斯夫人等社交界女王對抗的充滿活力的沙龍招待客人，因此，只能在白天的時候抽出幾個小時給丈夫，但是，因為菲立普男爵太愛他的妻子，認為妻子的歡樂就是自己的幸福，所以他盡力地扮演著主人的角色。不過，丈夫的這番心意卻完全被露薏絲誤解了。

就像這樣，我們的成功已經相當完美了。（……）將近兩年前還完全不見蹤影的我終於來到了巴黎，大家都很羨慕菲立普的幸運，因為，我是巴黎最聰明的女子。

如果是自言自語的話也就算了，將這些內容寫在給好朋友的信中的厚顏無恥，就算這是一部虛構的小說，不管如何都讓人覺得太過分了。因為一味地聽著這些話，身為好友的勒內·莫康芙也想叫她節制一點，在菲立普男爵和露薏絲夫妻拜訪過她家之後，她寫了一封相當嚴厲的信。

露薏絲，妳本來就不愛那個人，不到兩年妳應該就不會那樣地讚美了。妳絕對無法把菲立普當成丈夫來看待，那個人對妳來說只不過是個情人，因為，就如同所有的女人對待她們的情人一樣，妳完全沒有花下任何心思，就只是在調戲他。（……）深愛著妳的菲立普是絕對不可能會罵妳或背叛妳的，因為妳的眼神，妳那撒嬌般的言語，不管那個人的意志有多麼堅定，都將遭到挫敗。遲早，妳一定會因為他如此深愛著妳而瞧不起他。（……）女人心中的輕蔑是憎恨的原型，因為妳擁有高貴的心情，或許永遠都會記得菲立普的犧牲。但是，這位將所謂的一生所有都奉獻給最初的饗宴的男子，到最後會怎麼對待妳就不得而知了。（……）妳能不能不要只把力氣花在自己身上，試著像我讓平凡的男子變成傑出的人類一般，對讓偉大的人物成為天才而感到驕傲？

如果堅守「結婚和戀愛完全是兩回事」這個理論，站在決心成為一個賢妻良母的勒內·萊斯托拉德的角度來看，因為戀愛狀態並不會永久持續，所以戀愛中的女子必須盡早成為妻子，而戀愛中的男子則必須盡可能地早一點成為丈夫。婦女不可以扮演戀愛中女子的角色，丈夫也不應該有戀愛中男子一般的舉止，這些都是違反結婚生活的規定的。

對此，露薏絲回答她：「妳只知道觀念上的戀愛」，但因為這樣一來就沒有辦法不回嘴，所以勒內．莫康芙也沒沉默著。

你們兩個人根本就都是小孩子，菲立普是個假裝老實的外交官，不然的話怎麼會明知道被出賣還將所有的財產都貢獻給妓女，用這種方式來愛妳的男人遲早一定會變成那樣。

當然，因為菲立普是「知道遭到背叛還將所有的財產都獻給妓女」這個類型的男人，所以當露薏絲將勒內的信唸給他聽之後，比起終其一生的幸福，他自己還比較渴望和露薏絲度過幸福的一夜。所以如果要從「從現在起再活個三十年，生五個孩子」和「繼續談著美好的戀愛，並在五年之內喪失性命」這兩者當中做一個選擇，那當然是選擇後者。

但是，殘酷的命運之神完全應允了這個「終極的選擇」。菲立普男爵在結婚後不到五年之內，便丟下深愛的妻子一去不回了。

*

《兩個新嫁娘》的第二部就在四年後，由露薏絲寄來告知她要和新戀人馬利．加斯東結婚的信中揭開序幕。正值最有女人味的二十七歲的露薏絲繼承了瑪居梅男爵的龐大財產，成了有錢的未亡人，但是，從不久之前開始，她便和既不是貴族也不是有錢人，還小她四歲的貧窮詩人馬利．加斯東瘋狂地談起戀愛。

我那有如被可憐的馬利．加斯東擁抱著的熱烈激情在面對加斯東的時候，感覺像是湧到了胸口。我已經沒有辦法克制自己，我就像是從前的阿本塞拉赫的顫抖般地，在這個青年的面前顫抖著，總之，我對他的愛戀勝過他對我的愛。

這一次，露薏絲的立場雖然從被愛的女人轉變為愛人的女人，但是因為個性並沒有改變，所以她又開始出現「幸福確認症候群」的症狀了。

不管是什麼樣文章、言語或措辭，都無法傳達我的幸福，我們的靈魂有著支撐那份幸福的力量，到底該怎麼說明呢，我們完全不用為了要得到幸福而努力，我們兩個人的呼吸是那麼的契合，（……）只要一想到自己的幸福，我們兩個人就只會全身發抖。

就讓我們來看看露薏絲是否真的幸福。不管如何，對露薏絲而言，最重要的事情就是「自己活在愛中」，而且還必須是一種相當激烈的愛，她只能藉著確定這件事來實際感受到幸福。不過，這第二次婚姻和與瑪居梅男爵的婚姻生活並不一樣，因為露薏絲是以愛人的女人這樣的身分在生存著，所以她的處境顯然比較困難。正確說來，應該就像巴爾札克藉著勒內·莫康芙之口清楚說出的「不要因為想要被愛而去愛別人」。因為露薏絲很清楚這一點，所以她假裝自己並沒有像別人愛她那樣地深愛著別人，但是，因為她始終無法忘記自己是年長的妻子，所以這樣的戲碼並沒有辦法持續。

那個人還很年輕，但我卻已經老了，這樣的想法深深地烙印在我的胸口，我在那個人的腳邊偎靠了一個小時之久，要求他發誓，當他再也無法像現在一樣愛我時，一定要馬上告訴我。

如果每天都被要求發出這樣的誓言，不管是哪種男人到最後一定都會心生厭倦。但是，即使如此，馬利．加斯東依舊相當忍耐，或者應該說因為馬利．加斯東幾乎是被軟禁在露薏絲從她丈夫的部分財產作了處理之後所得的一百二十萬法郎（十二億日圓）中撥出一部分購得的維拉達福瑞小鎮❶（Ville d'Avray）的別墅中，所以，除了忍耐別無他法。

大概在兩年之前，我在前往凡爾賽路上的維拉達福瑞小鎮的沼澤地上，買下了二十阿爾邦的牧場、森林和美麗的果園。（……）在種著木莓的丘陵山腹一帶視野特別好，眼前是一片向著池塘開展的牧場，在那裡建著小小的山莊。勒內，（……）這座山莊真的相當漂亮，感覺相當舒服，不但備有暖氣，也利用了新建築技術的美感，感覺就像個一百畢耶平方的宮殿。在裡面還有我和加斯東的公寓。一樓是玄關、會客室和餐廳，二樓有三個房間，預計拿來當作育兒室。我有五匹棒透了的馬、一輛小型的箱型馬車以及一輛由兩匹馬所拉的雙人座四輪馬車。因為這裡離巴黎有四十分鐘的距離，如果想聽歌劇、看新戲時，在午飯之後出門，傍晚的時候應該就可以回到我們的愛巢了。

然而，他們兩個人幾乎沒有到過巴黎，因為，露薏絲深怕加斯東進入社交界後會認識

註①——Ville d'Avray，維拉達福瑞小鎮，位於巴黎市郊，該城是巴黎的衛星城，以現在的距離看，距巴黎市中心二十分鐘車程，城市安靜、優雅，是城郊的富人區。十九世紀最出色的風景抒情畫畫家讓．巴蒂斯．卡米耶．柯洛（Jean Baptiste Camille Corot）留下的著名風景畫〈維拉達福瑞小鎮〉畫的就是這個地方。

其他女人，為了避免所有可以燃起嫉妒心的機會，所以只好兩個人單獨待在山莊裡頭不出門。

但是，因為露薏絲怕加斯東在孤獨之中會覺得無聊，所以決定自己來創造出一個社交界。

我就像世界上的女人們為了社交界而裝扮自己一樣，每天都為了那個人打扮自己。一年之間，在鄉下的我，治裝費高達兩萬四千法郎，最貴的並不是白天的家居服。

兩萬四千法郎也就是兩千四百萬日圓！因為她在一天之內要更衣打扮三次甚至四次，就連拂曉的時候也不例外，所以需要這麼多錢。當加斯東還在睡覺的時候，她就起床，藉著冷水的力量來洗掉睡眠的痕跡。

但是，讓這種令人流淚的努力成為泡影的日子終於來到。某天早上，化完妝的露薏絲因為打算在吃飯前小小散步一下而去尋找加斯東的時候，發現馬廄中的一匹母馬渾身冒汗，在腿窩還沾著巴黎的泥巴，因為巴黎的泥巴和鄉下的泥巴不同，是純黑色的有機泥巴，所以馬上就能分辨出來。加斯東偷偷跑到巴黎去了。當露薏絲追問他到哪裡去時，加斯東回答她：明天才可以說。隔天，再度出門的加斯東拿著有金屬把手的橡膠鞭子回來了。他說因為露薏絲的鞭子壞了，所以他請藝術家朋友幫他特別製作一條鞭子，打算當禮物送給她。但是，露薏絲注意到鞭子上寫著的維爾德這個鞭子商人的名字，隔天，她到維爾德的店裡去，確認前一天加斯東購買鞭子一事之後，她嚴厲地追問加斯東，但是加斯東終究沒有開口說明。

嫉妒得發狂的露薏絲調查她給加斯東的三萬法郎（三千萬日圓）是否還留著，但是，那錢已經消失得無影無蹤了。不久，她的懷疑終於變成真實。

我到巴黎，到面對著加斯東所住房屋的人家借了一個房間，我可以看到那個人乘著馬到中庭去。喔！我真希望可以早一點知道這令人毛骨悚然的真相。一個看起來約三十六歲的英國女子自稱是加斯東夫人，姑且不論這個發現對我來說是致命的打擊，當我看到那名女子帶著兩個小孩到杜樂麗時的心情……真的！勒內，這兩個小孩長得和加斯東一模一樣！

這真是個極大的打擊，決心一死的露薏絲因為故意淋了夜晚的露水，而染上肺炎，那時，勒內寫信來了。擔心的勒內拜託熟識的員警總監調查加斯東的出身，結果發現露薏絲所親眼看見的名為加斯東夫人的那個人，其實是加斯東哥哥路易·加斯東的未亡人，那兩個小孩則是加斯東的外甥，而加斯東的三萬法郎也是一毛不剩地用在援助大嫂一家人上頭。當真相大白的時候，露薏絲已經陷入病危，沒有多少日子可活了。見到飛奔而來的勒內之後，露薏絲就斷氣了。

婚姻是不可能建築在激情上的，就連建立在戀愛上也不可能。

這是她臨終的遺言。而這個結論正是巴爾札克要傳遞給全國身為年輕妻子的讀者們的訊息。

第17章

〔尾聲〕

在與外部隔離的修道院寄宿學校中，關於戀愛和結婚的夢想無限膨脹，憧憬社交界和舞會的露薏絲・修律和勒內・莫康芙這兩個人在離開修道院之後所步上的人生軌跡呈現了強烈的對比。

如果我們把因為沒有嫁妝，自從答應和雙親所推薦的對象結婚開始，就完全放棄戀愛，在單調的夫妻生活中，努力靠著丈夫的飛黃騰達和孩子的成長找到幸福方法的賢妻良母勒內・莫康芙人生中所被賦予的「愛」的總量比喻成細水長流型，那麼露薏絲・修律便是非得讓粗而短的「愛」燃燒不可的惡女（femme fatale）型女子。因為露薏絲活在所謂的「極限之戀」（Full Throttle）當中，她是一定要用「瞬間速度的幸福」來逼迫自己才能滿足的「滅亡型的愛的天才」，這樣的人生只能以短跑來作了結。

勒內寫了一封這樣的信給露薏絲。

我再說一次，妳應該會被幸福毀掉，就像其他人被不幸毀掉一般。那些完全不會讓我們疲倦的東西、沉默、麵包以及空氣等，因為沒有味道，所以無可厚非。相對的，味道太過濃烈的東西，會刺激我們的慾望，以致終於讓我們感到厭倦。

（……）因為讓婚姻生活中必須成為均勻而純粹的力量的感情處於激情狀態，妳過著像病人一般的生活。（……）是的，在妳的戀情當中，只有妳自己，與其說妳是為了加斯東那個人而愛他，倒不如說妳是為了自己而愛他。

的確，所有的一切都像勒內所講的一樣。

但是……。

如果人生是只靠理性就可以解決的東西，那就不是人生了，也沒有活著的價值。因為如果勒內的人生是女人的一生，那麼露薏絲的人生則是女人精采的一生。

我已經嚐盡人生的味道，雖然在這世界中，也有已經持續作了六十年嚴格監督人們的工作、但真正過日子的時間卻只有兩年這樣的人，但是我的情況卻是完全相反，看起來雖然只活了三十年，但實際上卻談了六十年的戀愛。

如果是這樣的話，也只好選擇其中一邊了，但是，這個選擇，在出生時其實就已經決定好了。

日本文庫版後記

／鹿島茂

雖然男女之間的權力關係千變萬化，但是，近幾年，在日本成為話題的應該就是年齡頗有差距的男女婚姻，而且，逐漸增加的並不是年長的男性與年輕女性這樣的搭配，而是由累積了不少經驗的女性和未經世事的年輕男性所組成的婚姻。這意味著什麼呢？

或許，因為適婚年齡往上提升，結婚這件事也從傳宗接代的「為了性慾和生殖的婚姻」轉變為「為了文化和教育的婚姻」。也就是說，如果是為了性慾和生殖，只要年齡相近的年輕男女以 boy meets girl 這樣的形式相識、結婚就可以了，但是，如果希望在婚姻裡得到文化和教育，就必須要有一個人來擔任老師，也因此，就一定要有年齡的差距。而且，近來想成為老師的女性和想成為學生的男性壓倒性地增加，這實在是一個讓人感到難為情的趨勢，但這其實也是文化的必然性之一，因為年長妻子的多寡正是文明進化的指標。

這件事情的絕佳力證應該也就是本書的女主角，《兩個新嫁娘》（*Memoires De Deux Jeunes Mariees*）中的露薏絲．修律。露薏絲在年輕的時候，雖然和擁有年長的包容力的埃納雷斯結婚，但，在埃納雷斯去世之後，這一次她又突然轉念，和年輕的加斯東再婚，試著成為一個同時是「戀人、母親和老師」的「妻子」，結果她失敗了。乍看之下，這個故事雖然像是在描述一個女人的一生，但事實上，卻顯示了「結婚」這件事的型態演化。而這件事在露薏絲這個個體發生變化的同時，也反應著從「被追求的婚姻」往「追求的婚姻」前進的女性本身的系統性進化。

或許，今後，日本也將朝著這個方向邁進，身為文化教育者的年長妻子的角色也將變得更加重要，但在法國，就像本書所舉證的一般，在將近兩個世紀以前，這種由女性主導的男女關係就以「社交界」這樣的形式存在著，而那也就是所謂的被制度化的「感情教育」的場合。

以這層意義來說，描寫法國貴族社會的婚姻以及社交界生態的這本書，對以新型態婚姻為目標的女性而言，或許相當具有參考價值。至少，身為作者的我希望可以有這樣的轉變。